秘密のハイランド・ベビー

アリソン・フレイザー 作

やまのまや 訳

ハーレクイン・イマージュ

東京・ロンドン・トロント・パリ・ニューヨーク・アムステルダム
ハンブルク・ストックホルム・ミラノ・シドニー・マドリッド・ワルシャワ
ブダペスト・リオデジャネイロ・ルクセンブルク・フリブール・ムンバイ

LOVE WITHOUT REASON

by Alison Fraser

Published by Harlequin Japan,
a Division of K.K. HarperCollins Japan, 2025

アリソン・フレイザー

スコットランド北部で生まれ育つ。大学で英文学を専攻し、数学の教師やコンピューター・プログラマーとしての経歴も持つ。もともとは趣味で小説を書き始めたが、プロとなった今も“趣味”を楽しむ気持ちは変わらない。

主要登場人物

リオーナ・マクラウド……ピアニスト。
ローリー……リオーナの息子。
ドクター・マクナブ……リオーナの保護者的存在。医師。
ミセス・ネス……ドクター・マクナブの家の家政婦。
ファーガス・ロス……リオーナの幼なじみ。
キャメロン・アダムズ……建築会社取締役。
チャールズ・アダムズ……キャメロンの父親。
バーバラ・アダムズ……キャメロンの継母。
メリッサ・アダムズ……バーバラの連れ子。
イザベル・フレイザー……村のゴシップメーカー。

1

二人はしばらく、見つめ合ったまま立っていた。目をそらして立ち去ろうとしたのはリオーナのほうだった。

キャメロンは彼女の前に立ちはだかった。

「ということは……幸運を射止めたのはファーガス・ロスか」

「ご想像にお任せします」リオーナはキャメロンを押しのけた。

キャメロンはあえて引き止めようともしない。リオーナは、彼が追ってこないことをたしかめるように何度か振り返りながら、急ぎ足で立ち去った。

ドクター・マクナブの家に着くころには、リオーナは息切れしていた。急いで呼び鈴を鳴らす。

「ドクター、彼が戻ってきたわ」ドアが開くなりリオーナは言った。「たった今、店の前で会ったの。ローリーのことも知ってたわ。わたし、帰らないと……」

「僕の子なのか？」村の小さな店を出たところで会ったとき、彼は開口いちばんそうきいた。

どっと思い出がよみがえり、リオーナはその場に立ちすくんだ。あれからもう一年以上になる。思いがけない再会だった。

「えっ？」リオーナは小さな声できき返した。

「君が産んだ子供のことだよ。僕の子？」

〝久しぶりだね〟でも〝元気だった？〟でもない。単刀直入にものを言うのがキャメロンなのだ。

「違うわ」

「ほんとうに？」

リオーナはうなずいた。

「まあ、落ち着いて」老医師はリオーナを招き入れた。「キャメロン・アダムズのことかね？」

リオーナはうなずいて、居間に寝かせていた赤ん坊を抱きあげた。まだ歯の生えていない笑顔が愛らしい。

「キャメロンはこの子のことを知っているよ」ドクター・マクナブは、こともなげに言った。「君を助けに来たんだろう。わしは、彼が来ると思っていたよ。わしに手紙を書かせてくれていたら……」

「違うわ、ドクター。なぜ来たのかはわからないけど、わたしのためなんかじゃない。わたしが認知を求めて訴えると思ったからかもしれないわ」

「リオーナ」ドクターはため息をついた。「彼は悪人じゃない。自分がローリーの父親だとわかって……」

「わかってなんかいないわ」

「でも、君はさっき……」

「誰かに、わたしに子供がいるって聞いたらしいの。僕の子なのかってきかれたけど、違うと言っておいたわ」

「なんだって？」

「彼はそう言ってほしかったのよ、ドクター。だから、絶対にほんとうのことを言わないでね」

「わしには言えないよ。君も知っているだろう」医者として、患者のことは他人にもらせない。「だが、一生隠しておくわけにはいかないだろう。彼もローリーをひと目見れば……」

「あの人には会わせないわ」リオーナは赤ん坊に上着を着せて、ベビーキャリーの中に座らせた。

「さあ、送っていこう」ドクターが言った。

リオーナは素直に送ってもらうことにした。家までは歩くと相当な距離だ。またキャメロン・アダムズに出くわさないとも限らない。

車中でドクターはずっと、キャメロンにほんとうのことを言うようにと彼女を説得し続けた。リオーナは一応黙って聞いていて、考えておくと別れぎわに言ったが、そんな気はまったくなかった。今さら子供の父親の援助などいらない。

　リオーナはローリーをクロフトと呼ばれる小さな牧場つきの借家に抱いて入り、昔風のこんろのそばのゆりかごにそっとおろした。家の中では台所がいちばん暖かいので、たいていは台所で過ごしている。

　ローリーは、予定日より数週間早くこのクロフトで生まれた。インバネスの病院まで行く時間がなく、二階の寝室でドクター・マクナブが取りあげたのだ。三千六百グラムもある元気な赤ん坊で、安産だった。初めて抱いたときはうれしくて、リオーナは絶対に誰にも渡すまいと思ったものだ。

　だがときには、子供にとってこれでいいのかと悩むこともある。テーブルやサイドボードは祖母の時代から使っているこっとう品だ。つい最近、不動産管理人が壁の湿気ぬきをして、冷たい石の床にリノリウムを敷いてくれたので少しは暖かくなったが、みすぼらしさは隠しようがない。リオーナは自分の無力さを身にしみて感じていた。この狭くて殺風景な家だって借家だし、牧場で働いてなんとか食べていくので精いっぱいだ。羊の群れを集めるときもローリーを抱いている。ドクターは大丈夫だと言うが、冷たい空気が生後五カ月の赤ん坊には刺激が強すぎないかと、彼女はいつも気がかりだ。

　精神的にもつらかった。リオーナ自身は、噂《うわさ》の的になったり白い目で見られたりするのも我慢できるが、ローリーが大きくなったらどうなるだろう？　インバゲール半島は面積は広いが閉鎖社会だ。未婚の母が産んだ子供は、かっこうのゴシップ種になる。父親が誰だかわからないとなればなおさらだ。エジンバラに引っ越そうかとも思うが、住むところもないし仕事のあてもない。

もちろん、一生息子を世間から隔離しておくわけにもいかない。大きくなったら父親の面影がなくなってくれるといいのだが……。

でも、それは期待できそうにない。リオーナは赤ん坊を抱きあげてあやしながら思った。真っ黒な髪と濃いブルーの瞳。顎にかすかなくぼみがある。まるで父親をそのまま小さくしたような子だ。

キャメロン・アダムズに再会してしまった。リオーナは背筋がぞくりとするのを感じた。おそらく彼は腹を立てているだろう。こういう結果にならないようにと、彼は十分に気をつけていたのだから。

リオーナは去年の夏のことを思い返した。からりと晴れた日の多い年だったが、彼と出会った六月のあの日は雨が降っていた。週に一度のインバネス行きの帰りで、アクナゲールでバスをおりた。インバゲールへ向かうバスが来ないので、十キロ弱の距離を歩き始めたところだった。近所の人の車が通りかかれば家まで乗せてもらえるのに……。そんなことを考えながら歩いていると、車がすぐそばで停《と》まった。黒のＢＭＷだ。

「坊や、インバゲールに行くのはこの道？」

リオーナは黙ってうなずいた。

「あとどれくらいかな？」

「十キロ」ジーンズにフードつきのジャケットを着ているので男の子だと思われたようだ。

「まっすぐ行けばいいんだね？」

リオーナはこくりとうなずいて、車から離れて歩き出した。

その男性はリオーナの目の前で車を停めておりてきた。「乗っていかないか？」

「でも……」リオーナは迷った。乗せてもらえば歩かずにすむが、大丈夫だろうか。見あげるとかなりの大男だ。ゆうに百八十センチは超えているだろう。

おまけに、とびっきりハンサムだ。リオーナの目は彼の顔に吸い寄せられた。真っ黒な髪。きりっとした眉。形の整った鼻。不精髭《ぶしょうひげ》を生やした顎。危険な香りのする人だ。そう思った瞬間、ぎゅっと結ばれていた彼の口元がほころんで、青い目が笑った。

「怪しい者に見える、坊や？　送ろうかって言っただけだよ。いやなら乗らなくてもいい」

「オーケー」リオーナは助手席側のドアを開けた。

「大丈夫だって。男の子を襲う趣味はないから」

リオーナは赤くなった。

「インバゲールに住んでいるの？」

「そう」

「村は大きいの？」

「あんまり」

「ちっぽけな町《ワン・ホース・タウン》か。アメリカではそう言うんだ」

「ふうん」

「村の人はみんな君みたいに無口なの？」

「いえ……」リオーナは彼がからかうように眉を上げたのに気づいて、顔をそむけた。しばらく沈黙が続いた。道路がふたまたに分かれているところまで来ると、リオーナは低い声で言った。「ここでおろしてもらえる？　この先だから」

「どれくらい先？」男はスピードを落とした。

「一キロ半」リオーナは前方を顎で示した。

「それなら送るよ」彼はまたスピードを上げた。

「ありがとう」不作法にしているのにこんなに親切にされると、かえって気づまりだ。「じゃ、ここでおろして」しばらくしてまたリオーナは言った。

あたりに人家は見あたらない。「家はどこ？」

「丘の上。停めて」

「どうして？」車はすでに曲がりかかっている。

「だって……」家を見られたくなかった。「舗装されていないから、車が汚れる……」

「いいさ。レンタカーだから」

雨はいつの間にかあがっていた。丘をのぼりきるとクロフトが見えた。石壁にスレート屋根の家はお世辞にもきれいだとはいえない。階下に台所と居間、屋根裏に寝室が二つあるだけの古い建物は、半ば崩れた石の塀に囲まれ、庭には雑草が生い茂っている。

「ご両親は？」男はゆっくりとブレーキを踏んだ。

「いない」

「じゃ、誰が君の世話をしてくれているの？」

「誰も。自分のことくらい自分でできるから」いったい、わたしをいくつだと思っているのだろう？

男はまじまじとリオーナを見つめた。その目を見つめ返したのが間違いだった。

彼はリオーナのかぶっていたフードを脱がせて目を丸くした。「君、女の子だったの！」

リオーナは黙っていた。

「おまけにすごい美人だ」男はつぶやいた。

「わたし、二十歳だから自分一人で平気なの。じゃ、ありがとう」リオーナは車のドアに手をのばした。

男がその腕を押さえた。「一人で住んでるの？」

見ず知らずの人に、一人暮らしを宣伝したくはない。「一人ってわけでもないの。ジョーと一緒よ」

「ジョー？　君のご主人？」

リオーナは黙ったまま赤くなった。

「結婚していないんだね」彼は肩をすくめた。「いいんじゃない？　結婚なんて時代遅れだ」

ジョーは彼女の飼っているコリー犬だ。

「何か気にさわること言った？　君は結婚を望んでいるのに、相手がいやがっている。図星だろう？」

「なんですって？」

「君の彼、頭がおかしいんじゃないの？　目も悪いのかもしれないよ」

「お言葉ですけれど、あなた……」

「キャメロンだよ」男が名乗った。

「ミスター・キャメロン……」

「キャメロンはファースト・ネームなんだけど」

「どなたでも結構よ！　わたしが言いたいのは、あなたのご意見なんか聞きたくないってことなの。だからもうほうっておいて！」リオーナはさっさと車をおりた。「送ってくださってありがとう」

男もおりてきたが、運転席側に立って笑っている。

リオーナは男をにらみつけた。

「怒るときれいだって言われたことがあるの？　そんなの嘘《うそ》だよ」彼は楽しそうに言った。「せっかくのセクシーな口元が台なしだ。きれいな緑の目も……」

「ふざけないで！　車に乗せてもらったことには感謝してるけど、だからってあなたに、わたしの生活や顔に口出しされる筋合いはないわ。いいかげんに……」

「コーヒーはごちそうしてくれないってことか」

「ものわかりはいいほうなのね」

キャメロンは笑った。「じゃ、次回に期待するよ」

彼は軽く手を上げてから運転席に戻った。

リオーナはスピードを上げて走り去る車を憤然と見送った。わたしに同棲《どうせい》相手がいて、その人と結婚したくてうずうずしているときめつけるなんて。今度会ったらもっとはっきり言い返してやりたいが、もう会うこともないだろう。インバゲールに長居する旅行者などいない。

だが、リオーナが次にキャメロンに会ったのは、村のケイリーの夜だった。ケイリーはスコットランドの夏の風物詩のようなもので、毎週インバゲール半島に住む借地人たちが村のホールに集まって、歌やダンスに打ち興じる。

リオーナがケイリーに出席するのには理由があった。祖父が病気になって以来、祖父の代わりにバンドのピアノ弾きをすることになったからだ。バンドといっても、ピアノのほかは地元の漁師二人のバイオリンとアコーディオンだけだし、レパートリーもフォークダンス用が何曲かあるだけだ。

〝ダッシング・ホワイト・サージェント〟を弾き終えて、リオーナが少し休憩しようとステージをおりたところで、あのアメリカ人と目が合った。

「三十分も捜したよ」彼はあいさつもしない。

「そうなの？　なぜ？」リオーナは冷たく言った。

返事の代わりに笑顔が返ってきた。彼は気分を害した様子もない。「ピアノを弾いてるとは思わなかった。ピアノ弾きに美人は少ないから」

お世辞は無視できても、視線を無視することはできない。リオーナは、顔から袖《そで》なしの白いワンピースに移動する彼の目を意識していた。

自分の体型にはいつもとまどいを感じている。百七十三センチという身長に不満はないし、普段はジーンズとだぶだぶのシャツで過ごしているからいいのだが、たまに女っぽいドレスを着るとどうしてもふっくらした体型が目立ってしまっていやなのだ。

「十分ごらんになりました？」

「えっ？」彼はにっこり笑った。「顔に出てた？」

「ずいぶん露骨にね」リオーナは彼の脇《わき》をすりぬけようとした。

彼はリオーナの前に立ちはだかった。「一杯ごちそうさせてくれる？」

「結構です。お酒は飲みませんから」

「へえ。スコットランドの三大レジャーはバグパイプと丸太《ケイバー》投げとお酒じゃないの？」

「ばかにするなら、なぜこんなところに来るの？」

「ばかになんてしてない。酔っていてもしらふでも、スコットランド人ほど寛大な人たちはいないよ。ときにつむじを曲げることもあるけどね」

「あなたたちアメリカ人のいいところ、なんだか知ってる？」リオーナは反撃に出た。

「いや。何？」彼はどういうわけか笑っている。

「あきれ果てるほどの外交手腕よ」リオーナは皮肉たっぷりにそう言うと、にこやかに歩き去った。

「やあ、こんばんは」ドクター・マクナブがリオーナを呼び止めた。「彼に会ったようだね」

「誰に？」

「あのアメリカ人だよ」

「ああ、あの人ね」リオーナはしかめっつらをした。

「嫌いなのかね？」ドクターが眉をひそめる。

「見ていてわかった？」リオーナは肩をすくめた。

「新しい地主が、あんな人だったら最悪ね」

「それが、そうなんだよ」

リオーナには一瞬、なんのことかわからなかった。サー・ヘクターが九十五歳で亡くなって、新しい地主が来るという噂は聞いていた。Ｃ・Ｈ・アダムズというアメリカ人で、ボストンに住んでいるらしいということだった。遺産をすぐに取りに来ないことから、財産に対しては無関心なのだと、村の人々は言っていたのだが。「まさか、そんな……」

「なんでも、サー・ヘクターの遠い親戚《しんせき》だそうだ」

「まあ！」リオーナは目を閉じた。家主で雇用主でもある人にあんな態度をとってしまったなんて。

「どうしたんだね？」

「たいしたことじゃないの。あの人に失礼なことを言ってしまっただけよ」

「それはそれは。でも、君らしくないね。向こうがけしかけたんだろう？」

リオーナはうなずいた。「だからといって言い訳にはならないわ。向こうは地主で、わたしは借地人ですもの……借地人だった、と言うべきかしら」

「いやみの一つや二つで、追い出したりはしないよ。もう笑い飛ばしてくれているかもしれない。なかなかユーモアのわかる青年らしいから」

「誰がそんなこと言ってたの？」

「ミセス・ネスだよ」彼女はドクターの家の家政婦だ。「彼女の姪《めい》のモラグがハウスでメイドをしているんだ」

ハウスとはインバゲール・ホールの別称で、地主の住まいだ。お城とまではいかないが、小塔が二つある立派な屋敷だ。

「モラグは彼を好青年だと思っているらしい」

「そうなの……」モラグの意見などあてにはならない。いい娘だが、ハンサムな男性にはめっぽう弱いのだから。

リオーナはホールをぐるっと見回した。背丈が百八十センチを超えるのはキャメロン一人だから、見つけるのは簡単だ。彼は地主の事務所で秘書を務めている軽薄で有名なイザベル・フレイザーと話し込んでいた。三十三歳の若さで、イザベルはすでに二度も離婚歴がある。

「イザベルも彼が気に入ったようだね」ドクター・マクナブは笑った。「三人目にするつもりかな」

「好きなようにすればいいのよ」

「いやいや、彼をイザベルと一緒にするのはかわいそうだ。彼女は美人だが、心は冷たい」

「大丈夫よ、ドクター。キャメロン・アダムズは強そうだったから」

「そうかもしれないな。ホールの家政婦のミセス・マッケンジーには、自分は結婚するタイプの人間じゃないと言ったそうだよ」

「そう」リオーナは、初めて会ったときのキャメロンの言葉を思い出した。

「ミセス・アダムズという人から電話があったから、てっきり奥さんだと思ったら、継母にあたる人だったそうだ。彼は奥さんをもらうのだけは避けてきたんだと」

「避けられてきたんでしょう、まともな女性には」

「さあ、どうかな」ドクターはキャメロンのほうへ視線を移した。彼のまわりにはまた二人ほど親衛隊が増えている。「彼は人気者だね」

　リオーナはうなずけなかった。みんな、地主なら鬼でもいいと思っているような女性ばかりだ。「みんながみんなちやほやすると思っていなければいいけど」

「そんなこと思わないだろう。まあ、いずれにせよ、サー・ヘクターよりはましだよ」

「ええ、まあ」リオーナがあいまいに答えた。たしかにサー・ヘクターは横暴でかんしゃく持ちで、借地人に対して封建的な態度ばかりとっていた。だが新しい地主だって同じかもしれない。

　リオーナはステージに戻った。それからはダンス曲ばかりを立て続けに弾いた。眠っていても弾けるような曲ばかりで退屈だ。

　キャメロンはイザベル・フレイザーとポルカ風のショッティーシュを踊っている。二人とも目もあてられないほど下手だ。イザベルは、南のストラスクライド出身で、普段はこんな庶民の集まりには顔を出さない。今週に限って現れた理由は明らかだ。

　やがて、バンド仲間がスロー・ナンバーにしようと言い出したが、リオーナは耳を貸さなかった。イザベルが必死になってテンポの速い曲に合わせようとしているのが、見ていてこっけいだった。ハイヒールで軽快なリールを踊るのは至難の業なのだ。二人は間もなくダンスフロアから姿を消した。一緒に帰ったのだろう。

　ダンスが終わった。家まで送ってもらおうとドクター・マクナブのところに来たリオーナは、彼がキャメロンと話をしているのに気づいて、とっさにきびすを返そうとした。

「やあ、リオーナ。今、捜しに行こうと思っていたところだ。送っていこうか？」ドクターが言う。

「お願いします。ご迷惑でなかったら」リオーナはキャメロンの視線を感じながら言い、一瞬、二人の目が合った。

「僕が送るよ」キャメロンが言った。

リオーナは気が重くなった。彼に送ってもらうくらいなら、裸足《はだし》で歩いて帰ったほうがましだ。

ドクターが代わりに返事をした。「悪いね」

「どうせ帰り道ですから」キャメロンはリオーナに尋ねた。「支度はできてるの？」

リオーナは初めて家まで送ってもらったときのことを思い出した。またあんな思いはしたくないが、新しい地主の厚意を無にするわけにもいかない。

「ご親切にありがとうございます。でも、帰り道というわけでもないでしょう？　遠回りしていただくのは申し訳ないですから」

「大丈夫」キャメロンはリオーナの腕を取って、出口のほうに促した。「じゃ、お先に、ドクター」

ホールは別れのあいさつを交わす人たちでごった返していた。リオーナはみんなの視線が自分に向かっているような気がした。明日になれば、村中の人々が騒ぎ立てることだろう——リオーナ・マクラウドが、新しい地主と一緒に帰っていった、と。そのあとどんな噂が広まるかも、容易に想像がつく。

キャメロン・アダムズは、会う人ごとに魅力的な笑顔を見せ、地元の獣医と話していたイザベルに手を振った。彼女は必死で合図しているが、彼はそれに気がつかない。

「イザベルが呼んでいますよ。送ってあげないんですか？　わたしならドクターに送ってもらいますから……」

「その心配はないよ」彼はリオーナをBMWの停めてあるところまで連れてきた。「イザベルは自分の車で来ているんだから。そうでなくても、誰かが送っていくさ。いい子だからだだをこねてないで、乗った、乗った」彼は助手席側のドアを開けた。

また子供扱いだ。リオーナはむっとして、このまま逃げ出せないかとあたりを見回した。

「僕ならやめとくな。引き戻されるのがおちだ」

「やってみる？」彼は笑みを浮かべた。

リオーナはしぶしぶ車に乗り込んだ。

「シートベルトをして」

これでは命令だ。リオーナはかっとなった。「どうして？」

横から手がのびてきて、シートベルトがかちんとはめられた。キャメロンの手がリオーナの胸をかすめたが、彼はなんでもないような顔をしている。

リオーナは一人腹を立てていた。こんな傲慢《ごうまん》な人は初めてだ。いったい何様のつもりだろう？

何様？　そうだわ。新しい地主様よ。ここでけんかしたら、この二年間必死に一人で維持してきたクロフトから、ほうり出されてしまう。

二歳のときに、音楽教師だった両親が自動車事故で亡くなり祖父母に引き取られて以来、リオーナはずっとクロフトで暮らしてきた。十歳のとき祖母が亡くなって祖父と二人だけになった。その後エジンバラ王立音楽大学に合格したが、八十歳近くなった祖父を思って進学はあきらめた。その祖父も何度目かの心臓発作で、とうとう半年ほど前に他界した。

「ジョーはどうしたの？」

「ジョー？」リオーナははっと我に返った。

「うん。君のボーイフレンドだ」

リオーナは彼についた嘘を思い出した。

「彼はダンス嫌い？」

「ええ、まあ」踊る犬なんて聞いたこともない。

「足がもつれてしまうのかな、四本足だから」

四本足ですって？「誰に聞いたの？」

「ドクター・マクナブにね。とんだ勘違いを笑われてしまったよ。ジョーはダンスより、羊を追いかけるほうが得意みたいだね」

「ええ」

「〝ええ〟それだけ？」

「謝るべきだったわね」

「いやならいいよ。でも、説明だけはしてほしいな。どうして男の人と暮らしているふりをしたのか」

「そんなふりしてないわ。あなたが一人で暮らしてるのかってきくから、ジョーと一緒だって答えただけ。あとはあなたが勝手に想像したのよ」

「別の言い方もあっただろう」

「そうね。でも見ず知らずの人に、あんな寂しいところに一人で住んでるなんて言えなかったわ」車はもう丘のふもとまで来ている。「ここでおろして」

「そうはいかない」車は走り続けた。

車が停まるとリオーナはさっと飛び出した。「送ってくださってありがとう」

キャメロンがおりて助手席のほうに回ってくる。

「ほんとうに寂しいところだね。家の中まで送るよ。侵入者がいたら大変だから」

「その必要はないわ」

「大丈夫、君を襲ったりしないよ。いくら気難し屋が好みでも、君は僕には若すぎるからね」

「あなたが年を取りすぎているんじゃないの？」

彼は笑った。「並みの気難し屋じゃないな。仲よくするのはほとんど不可能だ」

リオーナが鍵《かぎ》を開けている間も、キャメロンはぴったり後ろについていて、締め出すすきもない。リオーナは明かりをつけて、彼を居間に通した。

キャメロンはみすぼらしい部屋を驚愕《きょうがく》の表情で見回していたが、やがて言った。「今日はコーヒーをごちそうしてくれる？　それ以上のお誘いは期待しないから」

「何、そのお誘いって？」

「僕を引き止めたりすることだよ」

　リオーナは眉をひそめ、ぶっきらぼうに言った。

「紅茶しかないんだけど、いい？」

「うん」

　リオーナはしぶしぶ台所に向かった。尻尾《しっぽ》を振りながらそばに来たジョーが、リオーナの後ろからキャメロンがついてくるのを見て身構えた。

　台所は居間よりもっと悪い。リノリウムの床はあちこちはがれ、テーブルも椅子もがたがただ。大きなこんろは古ぼけている。

「君か、噂のジョーは」彼は犬に近づき手を出した。

「人見知りするのよ」リオーナの言葉どおり、ジョーは隅に置いてあるバスケットへと戻っていく。

「飼い主に似たんだね」

　そうなの。特になれなれしい人は嫌いなのよ。

「ジョーの飼い主は祖父だったのよ」

「最近亡くなられたんだってね。ドクター・マクナブに聞いたよ」

　リオーナは紅茶の支度をしながらうなずいた。

「こんなところに一人で住むのは大変だろう？」

「なんとかやってるわ。家賃のことなら、ご心配なく。ちゃんと払いますから、ミスター・アダムズ」

「キャメロンでいい。僕は家賃のことなんて心配していないよ。帳簿は見たけど」彼は笑った。

　家賃が安すぎるということだろうか？　こちらはやっとの思いで払っているというのに。

「これじゃ、今の家賃でも高すぎるくらいだ」彼はぐるりと台所を見回した。

　家賃の値上げがないことを喜ぶべきか、家をばかにされたことを怒るべきか。

　だが、もう言い争う気力もない。リオーナはキャメロンの寄りかかっている食器棚に彼の紅茶を置いて、自分は流しの前に立った。狭い台所では、離れていても彼の存在を意識せずにはいられない。

「ボーイフレンドは手伝ってくれるの？」

「えっ？」

「ボーイフレンドのことだよ」

「そんな人がいるなんて言った覚えはないわ」

「秘密にしているわけじゃないんだろう？」

リオーナは顔をしかめた。

「海軍にいるんだって？」

ファーガス・ロスのことを言っているみたいだけれど、誰がそんなことを吹き込んだのかしら？　ドクター・マクナブでないことだけはたしかだ。

「本気なの？」

「べつに……そんな……」信じられないくらいストレートな人だ。「あなたには関係ないでしょう」

「ちょっと気になっただけさ」

「何が気になるの？」

「君が」

わたしをからかっているのだ。リオーナがむっとしてにらむと、まぶしい笑顔が返ってきた。

「僕もいつもはもっと慎重なんだけどね。君は僕の好みのタイプじゃない――すごくきれいだけど」

「お世辞でしょう？」

「まさか。でも、村中の男どもに言われているんだろうな。どうりで、冷ややかに男をあしらうのがうまいわけだ」

「なんですって？」

「ん？」キャメロンは眉をつりあげた。

「わたし……あなたは……こんなの不公平よ！」

「不公平？」

「あなたは好きなことを言えるけど、わたしは借地人だから何も言えないのよ」

やや間を置いて、彼は声をあげて笑った。「ずいぶん封建的なことを言うんだね。地主に文句を言ったら追い出されるなんて、本気で考えてるの？」

「あなたの大伯父様はそういう人だったもの」

「らしいね」彼は肩をすくめた。「でも僕はサー・

ヘクターじゃない。初夜権も魅力的ではあるけど、行使するつもりはないよ」

「え？」聞いたこともない言葉だ。

「初夜権。昔、封建領主は、家臣が結婚する前にその花嫁と一夜をともにしていいことになっていたんだ。残念ながら、何百年も前にすたれてしまった風習だけど。君がまたはやらせたいって言うなら……」キャメロンは意味ありげな微笑を浮かべた。

インバゲール・ホールの天蓋《てんがい》つきベッドでキャメロンと抱き合う場面が脳裏をかすめた。リオーナは思わず赤くなって、キャメロンから目をそらした。

「近々結婚する予定はあるの？」

「ないわ！」

「なら本気じゃないんだね」

「何が？」

「ファーガス・ロスさ」

「結婚しなくても本気の場合だってあるのよ」

「僕もそう思う」キャメロンはリオーナのほうに一歩足を踏み出した。

リオーナは流しに背を押しつけた。「ファーガスとはお互い理解し合っているの」

「ふうん」彼はまた一歩リオーナに近づいた。

「もう遅いわ。帰ったほうがいいんじゃない？」

「ああ」キャメロンはリオーナの髪に手をのばした。

「きれいな色だ。もともとの色？　それとも染めてるの？」

「えっ？」

「もともとの色だろうな」彼は手を肩にすべらせた。

「もう帰ったほうが……」

「いい、だろう？」キャメロンはリオーナのうなじに指をあてた。「僕が怖いわけじゃないよね？」

「そんなことないわ！」

キャメロンはまたにっこりした。「じゃ、これは恋だ」

「いいかげんにして！」

「僕とベッドに行きたいのかな」キャメロンは低く笑ってリオーナの手を自分の胸にあてた。「いずれにせよ、僕の心臓もこんなになってる。ほら」

胸の鼓動がじかに伝わってくる。手を引っ込めると、今度は腰を抱き寄せられた。リオーナはパニックに陥って彼の目をのぞいた。もう笑っていない。

それが初めてのキスだった。ゆっくりと唇が近づいてくる間に、逃げようと思えば逃げられた。が、リオーナはじっとしていた。そして、唇がそっと触れ合っただけで、思わず自分から唇を開いていた。

キャメロンはかすかにうめいて欲望をぶつけてくる。彼は恐怖と興奮におののくリオーナを抱きあげるようにして、自分の高まりを伝えた。

「いや！　いや！」リオーナは彼を押しのけた。

「ごめんなさい。やっぱり、だめなの……」

彼はびっくりしたように手を離した。

「気がつかなかった。まさか……今どき珍しいね」

今どき珍しい？　なんのことかはわかっていたが、恥ずかしくてリオーナには何も言えなかった。

リオーナが赤くなったのでキャメロンは誤解した。

「顔に書いてあったのに、気づかないふりするなんて、僕もひどいよね」

リオーナが黙って首を横に振ったのが、また誤解を招いたようだ。

「わかった。もう大丈夫だよ」彼は両手を上げてあとずさりした。「ごめん。もう何もしないから」

「わたしはそんな……」なんとか説明しなくては。

「いいよ、玄関まで見送ってくれる？」

優しく理性ある彼の態度に、ますます良心が痛んだ。でも、言葉が出てこない。リオーナはどうしていいかわからないまま、彼を玄関に送った。

「じゃ、ちゃんとドアに鍵をかけておくんだよ」

リオーナはキャメロンの車がUターンをして丘を

おりていくのをじっと見ていた。これでよかったのだ。彼が思い違いをしてよかったと思わなければ。キャメロンはファーガス・ロスともインバゲールに住む若い男たちとも全然違う。彼女の神経を逆なでするようなことを平気で言い、プライドを傷つけ、とんでもない考えで頭をいっぱいにしてしまう。

リオーナは、キスされた唇に触れてみた。キャメロンが帰ってほっとしたはずなのに、なぜか彼が恋しくてたまらない。

ほんとうに、どうかしているわ。早く気持を整理してしまわないと、またひどい目にあう。

リオーナは、最初で最後の恋のことを思い出した。いや、あれは恋などではなかった。ファーガスを愛していると思ったのは錯覚で、実際には寂しさと不安をまぎらすために誰かを求めただけだったのだ。

自分の気持がよくわかっていなかったから、ファーガスを恨んでもいない。ただ、彼の不器用な腕の中で処女を失ったあとのむなしさには耐えられなかった。愛したくて、信じたくてベッドをともにしたのだが、そこにあったのは愛ではなく、欲望と悲愴《ひそう》感だけだった。リオーナにはそれがわかっていたから、彼がずうずうしいだけの恋人に変わってしまっても、何も言えなかった。

ファーガスが艦隊勤務に戻ったときには、どんなにほっとしたことか。心から愛していたわけではなかったから、忘れるのはそう難しいことではなかった。だが、あれ以来、リオーナは自分自身の感情もほかの人の感情も、信じるのが難しくなってしまった。

キャメロン・アダムズはわたしを求めていた。わたしも同じように彼を求めていた。それはあまりにも明白な、しかし危険なことだ。もう二度と彼に会ってはいけない。

そんな愚か者になってはいけないのだ。

2

インバゲールの村の面積は広い。理屈では、彼を避けて通ることは簡単だが、実際にはそううまい具合にはいかなかった。

翌日、リオーナは食料品の買い出しに自転車で村まで出た。帰り道、自転車のチェーンが外れたのでかごに入れた買い物袋をおろし、自転車を逆さにして修理しようとしていると、ＢＭＷが通りかかった。

顔を伏せているリオーナに、キャメロンは窓を開けて大声で言った。「手伝おうか？」

リオーナは背を向けたまま返事をした。「いいの。自分でできるから」

「リオーナかい？」キャメロンは驚いて眉をひそめた。ジーンズにTシャツ姿で髪を野球帽の中に入れていたリオーナを、彼女だと思わなかったのだ。

彼は車を道路脇《わき》に停《と》めて道を横切り近づいた。

「ほんとうに自分でできるから、いいのよ」

キャメロンはしゃがみ込んだ。そして、チェーンを外して、あっという間にかけ直した。「このままじゃだめだ。チェーンを締めてもらわないと。よくこんなのに乗ってたね」

実際にはこのひと月で四回もチェーンが外れていたのだが、リオーナはそれは言わずにおいた。

「念のために家まで送っていくよ」彼は自転車を押して車のほうに歩き出した。

リオーナは彼のあとを追った。「悪いわ。方向が逆なのに」

「かまわないよ。たぶんトランクに入るだろう」

「トランク？」一瞬、彼が旅行かばんに自転車を入れている場面が頭に浮かんだ。「ああ、ブーツのことね」

「いや、トランクのことだ。ブーツは足に履くものだよ」

わたしの国の言葉では、あなたの言う〝トランク〟は〝ブーツ〟って言うのよ。見る間に自転車は車のトランクに収まった。

「乗る？」彼は買い物袋もトランクに入れた。

気は進まないが、道路の真ん中で押し問答はしたくない。リオーナはしぶしぶ助手席に乗り込んだ。

「すねてるの？」キャメロンが唐突にきいた。

「まさか！」

「じゃあ、もう少し楽にすれば？」

「ほうっておいて」

クロフトに着くと、キャメロンはリオーナのほうに顔を向けた。「ゆうべはごめん。もうあんなことはしないから、心配しないで」

「わかったわ」リオーナはしぶしぶ答えた。

「友達になってくれる？」キャメロンが手を差し出した。

「ええ」リオーナは彼の手を握り返した。「でも、一つだけ条件があるわ」

「何？」キャメロンはにっこり笑った。

「子供扱いしないで」彼女はまじめくさって言った。

キャメロンはますます顔をほころばせた。「わかったよ、ハニー」

「もう！　ハニーなんて、坊やよりひどいわ」

「じゃあ、なんて呼べばいいんだ？　ミス・マクラウド？」

「そうね。それがいいわ」リオーナはすばやく車からおりた。

キャメロンはトランクから自転車をおろした。

「ありがとう」

「じゃ、また会おう、ミス・マクラウド」

見かけたってこっちは避けて通るわよ。リオーナは心の中で言い返した。大人の女性としてのわたしに興味はないのね。ないほうがいいけど。リオーナは自分の気持に嘘《うそ》をついた。

しかし、避けて通るのはそう簡単ではなかった。

翌朝、教会でオルガンを弾いているときも彼は大伯父サー・ヘクター専用の席にいた。ちょうどリオーナの真向かいの位置だ。彼女が鍵盤《けんばん》から目を上げるたびに、彼は歌うのをやめてにんまりしてみせる。

礼拝が終わってキャメロンが近づいてくるのに気づくと、リオーナはそそくさと裏口から出て、ドクターの家に向かった。ドクターは無信仰で、結婚式と葬式のとき以外教会には出入りしないのだが、村でいちばん慈悲深い人だ。リオーナは祖父が亡くなって以来、毎週日曜日の昼食に招かれている。

「今日は三人だよ」ドクター・マクナブがリオーナのコートを手に廊下を歩き出した。

リオーナはダイニングルームから出てきたミセス・ネスにほほ笑みかけた。

「今日のお客様は偉い方ですよ。わたしはもうおいとましますから」

「偉い方？」リオーナはいやな予感がした。

返事をしたのはドクターだった。「うん、例の彼なんだ」玄関ベルが鳴った。「あっ、来た、来た」

ドクターは彼に何も知らせていなかったようだ。キャメロンはリオーナを見てびっくりしている。

「リオーナは知ってるね？」ドクターが言った。リオーナとキャメロンはじっと見つめ合った。

「ミス・マクラウドですね」彼は軽く会釈した。

リオーナのほうも調子を合わせる。「ミスター・アダムズでいらっしゃいますね」

妙にかしこまったリオーナとキャメロンの様子に、ドクターはちょっと眉を上げたが、黙ってダイニングルームに二人を促した。

何度もドクターの家で食事をしているのに、リオーナは自分が場違いなところに来てしまったような気がした。地元の話題から世界情勢まで、気軽におしゃべりを楽しんでいるドクター・マクナブとキャメロンをよそに、リオーナはほとんど無言だった。ドクターが彼女を会話に誘い込もうとしているのはわかっているのだが、キャメロンがいると思うとリオーナはどうしても自然にふるまえなかった。

　村の人々は彼が牧場を売り飛ばしに来たと噂《うわさ》しているが、二人の話からするとそうではないらしい。

「最初は誰かを雇って経営を任せようと思っています」キャメロンは言った。「僕には経験もありませんし、アメリカにも仕事がありますから」

「それじゃ、すぐアメリカにお帰りになるんですか？」リオーナは尋ねた。

「それは希望的観測、かな。いや、二、三週間は帰りませんよ。やっとのことでひと月休暇が取れたんですから」

「どんなお仕事を？」ドクターがきいた。

「建設関係の仕事です」

　建設関係？　リオーナは首をかしげた。れんが職人？　それとも建築技師？　体つきは肉体労働者のようだが、物腰には威厳が感じられる。着ているものが上等だからかもしれない。

「大工さんなんですか？」リオーナはきいてみた。

「まあ、そんなところかな」

「どんなものを建てるんですか？」

　彼は肩をすくめてみせた。「ショッピング・モールがほとんどで、たまにデュープレックス・タイプの映画館だとか、コンドミニアムも手がけます」

「そうなんですか」うなずいてはみたものの、リオーナにはなんのことやらさっぱりわからなかった。モールもデュープレックスもコンドミニアムも、インバゲールの村にないことだけはたしかだ。

「彼女には、あまり興味のない話のようでしたね」

キャメロンがドクターに言った。

「そんなことはないでしょう。なかなかおもしろそうなお仕事ですね」

「そうでもありませんよ、ドクター。ショッピング・モールなんて、一つ建てたら、あとは同じことの繰り返しですからね。そろそろ気分転換でもしてみようかと考えているところなんです」

「インバゲールに引っ越してくるってことですか？」リオーナは耳の奥で警鐘が鳴るのを感じた。

「いけませんか？」彼は浮かぬ顔のリオーナに笑いかけた。「僕だって半分はスコットランド《スコッチ》人なんだから」

「スコットランド人《スコティッシュ》でしょう。スコッチはお酒です」

「じゃ、訂正します」彼は気分を損ねた様子もない。

「よくあることですよ。イギリス人でも、しょっちゅう間違えるんだから」ドクターがまたとりなした。

「僕も以後気をつけます。それより、地元の人たちに受け入れてもらうのは大変そうですね。家賃を上げるとか、払えない住人は追い出すとかいう噂も流れているみたいで。アメリカ人は金もうけしか考えていないと思われているらしい」

リオーナは思わず赤くなった。たしかに、借地人たちはみんな、彼が遺産をお金に換えようとしているとしか思っていない。

「いや、べつにアメリカ人が嫌いだというんじゃない。みんな、自分たちがこれからどうなるのかを心配しているだけですよ。何十年か前にも、地主が牧羊地を作ると言って、借地人たちに一方的に立ちのきを迫ったことがありましてね」

「ええ、聞いています。でも、またそんなことが起こると思っているのかなあ？　今はそういうことを禁止する法律もあるはずです」

「でしょうな。だが、法律や理屈じゃないんですよ。

借地人には、何代にもわたる根深い地主不信がありましてね。おまけに、最近は不在地主が増えていて、信頼関係も生まれにくくなっていますから」

「サー・ヘクターはどう思われていたんですか？」

キャメロンはきいた。ドクターがためらっていると、キャメロンはたたみかけるように言った。「いいんですよ、正直に言っていただいて。僕は大伯父のことなんて全然覚えていないし、好意も何も抱いていませんでしたから」

「率直に言えば、サー・ヘクターはあまり好かれてはいませんでした。ワンマンで、借地人には横柄な態度でね。ただ、家賃は妥当だったし、住んでいる人間を追い出すようなまねは一度もしなかった。だが、空き家になったクロフトを売り払ってしまったんですよ」

「そんなに悪いことなんですか――空き家になった家を売ってしまうのは？」

リオーナは口をはさんだ。「そりゃ、一年に三週間しか住まないのに、ハイランド地方に別荘を持とうなんていうヤッピーに売るのはいけないわ」

「うん。生きがいがないとか、仕事がないという理由で、若者がインバゲールから出ていくのは、ほんとうに残念なことだ」ドクターは穏やかに言った。

キャメロンは同意するようにうなずいてから、リオーナに問いかけた。「君の場合もそうなの？」

「わたしの場合？」

「君のボーイフレンドだよ。恋人を置いて海軍に入ったからには、それなりの理由があるんだろうと思って」

「彼も、わたしのことを気難し屋だと思ったんでしょう」

キャメロンは笑った。

ドクターは狐《きつね》につままれたような表情になったが、やがて言った。「うん。ファーガスもできることなら村にいたかっただろうな。だが、牧場はたいして広くもないのに兄貴が二人もいては、どうしようもない。村に牧畜業以外の仕事があれば、話は別だがね」

「可能性はありますよ」キャメロンが言った。「それほど大規模な労働力を吸収できるとはいえないけど、鮭《さけ》の養殖なんかは将来有望だと聞いています。ニットウエアや民芸品産業なども、経営のやり方しだいではうまくいくでしょう」

「でも、どうやって？」リオーナには信じられなかった。編み物で生計を立てている村の女性たちが、革新経営についていけるとは思えない。

「この村には、グラスゴーにあるニットウエア会社の下請けをしている人が多いそうですね。手編み製品は、小売り店に並ぶころには法外な値段がついています。それなら、仲買人をなくせば、利益はそれだけ増えるということでしょう」

「つまり、独自のブランドを作ってしまうわけだ」ドクターが言った。「〝インバゲール・ニット〟」

「そういうことです」キャメロンがにっこりした。「デザインはロンドンの一流デザイナーに任せる。そうすれば、あとは市場をどう開拓するかだけだ。君は、どう思う？」彼はリオーナに問いかけた。

「さあ……わたし、ファッションのことはあまりよく知らないから」

「僕も知らない。だけど、重要なのは編み手を組織的にまとめることだと思うんだ」

「わたし、ビジネスのことも全然わからないわ」

ドクターが相づちを打った。「わしにも、まったく縁のない世界だが、まあ、事業としてはおもしろそうだ。どういうところから始めるんだね？」

「そうですね。まずは、事業として成り立つかどうかを経営コンサルタントに相談するところからでしょう。でも、その前に編み手に会っておきたいですね。誰も乗ってくれなかったら、話になりませんから。問題は、どうやって彼女たちに接近するかです」

ドクターはうなずいた。「難しいね。インバゲールの女性は働き者だが、保守的で、なかなか新しい考え方を採り入れようとしない。特に……」

「話を持ってきたのが、新参者のアメリカ人ではね」キャメロンが言い、二人は一緒に笑った。

「しかたがないわ。彼女たちはみんな編み物で食べているようなものなんだから」

「ほんとうに？　それなら、なおさらもうけてもらわないと。手伝ってくれるかい？」

「わたしが？」

「うん。一緒に村を回って、編み手を紹介してほしい。アイデアを売り込むのも手伝ってくれる？」

「申し訳ないけれど、とても無理だわ。わたしには牧場の仕事があるんですもの」

「大丈夫。そっちのほうは僕が誰かを手配するから。君の留守の間に、家の修理もしてもらおう」

「ええ、でも……」

ドクターが助け船を出した。「リオーナが迷っているのは、君の考えが今一つよくわからないからじゃないかな」

「ええ」

が、彼女が安堵《あんど》のため息をつく間もなく、キャメロンは続けた。「そうかもしれないな。まだ僕も具体案は固まっていないんだ。でも、だからこそ君に助けてほしいんだよ」

「どういうこと？」リオーナはまた身構えた。

「僕よりも君のほうが編み手が何を求めているかをよく知っているから。それに、僕の考えがおかしいと思ったら、黙っちゃいないだろう？」

「そんなこと……イザベル・フレイザーに頼めば？　彼女のほうが編み手とも親しいし、ビジネスのアイデアもいろいろ出してくれると思うわ」

「まあね。でも、イザベルは僕に反対してくれないだろう。優しすぎるから」

優しすぎる？　あのイザベル・フレイザーが？　リオーナはやっとの思いで笑いをこらえた。

ドクターも同じ思いだったらしく、やんわりと皮肉を言った。「うん、イザベルは反対せんよ」

リオーナはつぶやいた。「またとないチャンスですものね」

「またとないチャンス？」

「なんでもないわ」

彼はいぶかしげにリオーナをじっと見ている。ちょうどそのとき、ドクター・マクナブが話題を鮭の養殖場のことに変えた。

キャメロンは現在操業中の養殖場を二箇所ほど見学して、ロック・ゲールでの養殖場経営の可能性を検討したいと話した。魚についてはほとんど知識がないと言う彼に、魚釣りが大好きなドクターはいろいろな話を披露している。

リオーナは黙って聞いていた。さっき二人の会話に口をはさんだばかりに、とんでもないことになりそうだ。でも、このまま教養のない女性のふりをしていれば、彼も仕事を手伝わせるという話は忘れてしまうかもしれない。

昼食が終わると、リオーナは歩いて帰りたいからと早々にいとまを告げた。

しかし、ほっとしていられたのも翌朝までだった。キャメロンは七時半にやって来た。牧場労働者のロブ・マッケイも一緒だった。キャメロンはリオーナがロブに仕事の指示を与えるのも待てないといった様子で、追い立てるように彼女をジープの助手席に乗せ、テールゲートをおろして犬が飛び乗るのを待って出発した。

「わたしが行きたくないって言うとは思ってみなかったの？」リオーナは冷たい口調できいた。

キャメロンはにっこり笑った。「どうして僕がこんなに早く来たと思う？」

「早く来たからって、わたしが協力するとは……」

「協力してくれなかったら、一日中ぐるぐる同じところを回ることになるよ。僕は編み手のご婦人方がどこに住んでいるか知らないんだから」

「そんなこと、わたしには関係ないわ。でも、どうせ今日はロブが代わりに働いてくれているんだし」リオーナは腕組みをして、窓の外に目をやった。

村に入ると、キャメロンは雑貨屋の前に車を停めた。店先でミセス・ネスとジーン・マクファーソンが立ち話をしている。「さてと……」キャメロンは名前のリストに目を落とした。「この人の家はどっちの方向？ アニー・ファク……ハル……ソン」

「ファッカーソンっていうのよ」

「うん、ファッカーソンね。で、どっち？」

「そのリスト、誰にもらったの？」

「イザベルだよ。どうして？」

「別に理由なんてないわ」

「なんとなく気になるなあ。このアニーって人、編み手じゃないの？」

「編み手だったわ」

「やめちゃったの？」

「というか、ひと月前に亡くなったの。イザベル、うっかり忘れていたのね」

キャメロンは顔をしかめ、アニー・ファッカーソンの名前を除外した。「よし。次はジーン・マクファーソン。この人は生きてる？」

「生きてるわ」

「よかった。で、彼女は編み物をする？」

リオーナはうなずいた。「ええ、でも……」

「腕の骨を折ったの？ ヨットで大西洋を単独航海

中？　それともニューギニアに移住しちゃった？」

「そうじゃなくて、今は、外出中なのよ」

「外出中？」キャメロンはぽかんとしている。

「とにかく、家にはいないのよ」

「どうしてそんなことがわかるんだ？」

「わたしって、透視能力があるのかもしれないわ」

リオーナはまだ店先で立ち話している二人の女性に思わず視線を移した。

「なるほど。どっちが彼女？」

「青い服を着ている人よ」

「今、声をかける？　それとも、彼女はあと回しにして、次の人のところに行く？」

「そうねえ……」インバゲールの大通りでこんな仕事の話を持ち出すなんて、〝わたしはこのアメリカ人と知り合いなのよ〟と宣伝しているようなものだ。リオーナは車をおりようとするキャメロンの腕をつかんだ。「やっぱり家に訪ねていったほうがいいわ。先にベティ・マクリーンの家に行きましょう」

「じゃ、そうしよう」キャメロンは笑顔でリオーナの指さす方向にジープを出した。

　リオーナに紹介されてベティに仕事の話をしている間も、彼は笑顔を絶やさなかった。実に女性の扱いが上手で、あっという間に話を納得させてしまう。行く先々でキャメロンは何度同じことを繰り返しただろう。〝生意気で横柄な彼に、村の女性たちはみんなそっぽを向くに決まっている。仕事の話も、あまりに壮大すぎてかえって怪しまれるだろう。それに、あんな自信満々な態度では反感を買うだけだ〟そんなふうに考えていたリオーナは、信じられない思いで彼の離れ業を眺めていた。

　どの女性も彼の熱意に動かされ、その魅力にすっかり引き込まれてしまっている。人気の秘訣《ひけつ》は、どんな意見にでも耳を傾けるところにあるようだ。

　心配になってリオーナが慎重論を差しはさんでも、

聞くのはキャメロンだけだった。

「時代はどんどん変わっているのよ、リオーナ。わたしたちも、変わっていかないと」最年長、七十四歳のアギー・スチュアートまでが、そんなことを言った。

二人は夕方までに、六軒の家を訪問した。プロの編み手はまだまだ大勢いるが、全員に声をかけるまでもないだろう。あとは口コミでみんなに話が伝わるのを待てばいい――クロフトに帰り着いたとき、リオーナはキャメロンにそう言った。

「うん。でも、やっぱり全員に話をしたいな。そうしないと、気を悪くする人も出てくるだろう？」

「だけど、わたしはもうお手伝いできないわ。牧場のほうが忙しくて」

「それなら心配いらないよ。またロブをよこすから。仕事のリストを作って渡しておけば大丈夫さ。時間があったら、家の修理もやってもらおう」

「ありがとう。でも、いいの。家の修理は自分でできるから」

「そうかい？」彼は裏庭のほうに視線を走らせた。荒れ放題の納屋は、扉が蝶番《ちょうつがい》一つでぶらさがっている。鶏を放し飼いにしていた柵《さく》囲いも、今は杭《くい》が抜けて穴ばかりが目立つし、石塀もあちこち壊れている。

「できる限りのことはしているんだけど」リオーナはジープをおりかけた。

キャメロンがリオーナの腕をつかんだ。「若い女の子一人じゃ無理だよ」

「無理じゃないわ。そうやって、クロフトを取り戻そうとしたって無駄よ」

「えっ？」

自分でもあまりに衝動的だとは思ったが、キャメロンを前にすると、理性的にふるまえなくなってしまうのだ。リオーナは訴えかけるようなまなざしで彼を見つめてから、腕を引き離してジープから飛びおりた。

　キャメロンはリオーナを追ってきて再び手を取った。「いったいどうしたっていうんだ？　僕が追い出すなんて、君、本気で思っているの？」

「わたし……」リオーナはキャメロンの目を見あげた。彼が求めているのが、この狭くて古い借家でないことはわかっていた。

　どれくらい、彼と見つめ合っていただろう。今まで言ったこと、したことを、全部取り消したい――そう思っているのに、言葉が出てこない。キャメロンはそんなリオーナに見切りをつけるように彼女の手を放して、くるりと背を向けた。

　彼はジープのドアを叩《たた》きつけるように閉め、振り返りもしないで帰ってしまった。リオーナはあふれる涙をぬぐった。自分からけんかをしかけて追い返したくせに、どうして泣いたりするの？

3

　翌朝、リオーナは丘のふもとからまたジープがのぼってくるのを見つけ、喜びで胸がいっぱいになった。でも、なぜだろう？　理屈では説明できない。とにかく、リオーナは一気に階下に駆けおり、表に飛び出した。そして、ロブ・マッケイが一緒に来ているのに気づいてはっとした。

　ロブは「やあ、やあ」とあいさつをしたが、キャメロンは知らん顔をしている。二人はジープの後ろに回って、材木と金網と工具をおろし始めた。

　荷おろしがすむと、ロブは納屋の戸を修繕し始めた。キャメロンがこちらに向かってくる。ジョーはうれしそうに尻尾《しっぽ》を振っているが、プライドが邪魔をして、リオーナはうれしそうな顔はできなかった。彼はジョーの頭をなでてやってから、冷ややかな態度でリオーナに茶色の事務封筒を差し出した。

「なんなの、これ？」

「心配しなくていいよ。立ちのき通知じゃないから。よく読んでから、サインして」

　そのままキャメロンは石塀のほうに行き、崩れかかっていた部分の石を外しにかかった。

　リオーナは重い石を軽々と持ちあげるキャメロンを、しばらくの間眺めていた。彼はアメリカでどんな仕事をしているのだろう？　ドクターと話していたときはインテリ経営者みたいだったが、こうして見ていると、汚れなんか気にしない工事現場の労働者のようだ。どっちがほんとうのキャメロン・アダムズなのだろう？

　いずれにせよ、彼は地主。わたしの手のとどかない人だということだけはたしかだ。その証拠がこの封筒ではないか。リオーナは家の中に入って台所のテーブルに向かうと、その封筒を何度も引っくり返してみた。これをよこしたのは、あの陽気なキャメロンではない。地主なのだ。

　だが、封筒の中身は、何度読み返してみても、リオーナを不利な立場に追い込むようなものではなかった。落とし穴らしき箇所もない。契約書には、リオーナをクロフトの生涯借用者とし、家賃は現状のまま据え置くこと、将来値上げがあってもインフレ率を超えないこと、そしていかなる修理も地主の責任においてなされることが記されていた。立会人としてインバゲール・ホールの家政婦アガサ・マッケンジーとメイドのモラグ・マッキノンの署名もある。これから先もここに住んでいい、修繕費もいらない。彼はそう言っているのだ。あんな不愉快な思いをさせたのに、なんという寛大さだろう。

　しばらくして、リオーナは表に出た。キャメロンにお礼を言って謝ろうとしたのだが、彼のそばまで行ったとたん、頭の中が混乱してしまった。

　キャメロンは最初、リオーナに気づかなかった。六月のまぶしい日差しの中で、上半身裸になって働いているその背中は、まんべんなくきれいに日焼けしている。きっと外で働くことが多いのだろう。

　リオーナは立ち止まった。がっしりとした背中には汗が何本も筋を引いている。リオーナははっとした。男性を見て〝きれいだ〟と思うなんておかしいのかもしれない。でも、キャメロンはほんとうにきれいだ。

　彼女の気配を感じたのか、キャメロンが不意に体を起こして振り返った。リオーナは赤くなった。

　彼はリオーナが手にしている封筒を顎で示した。

「サインした？」

「わたし……あの……まだなんだけど」リオーナは返事に困った。「こんなこと、してくれなくてもよかったのに。わたし、きのうはあんなばかなことを言ってしまって……わかっていたのよ、あなたがわたしを立ちのかせようなんて思ってはいないって」

「そうだったの？」彼は、いつになくリオーナが控えめなのを怪しんでいるようでもある。

　リオーナはうなずいてから、顔をしかめてみせた。

「あなたにも言われたけど、わたし……気難し屋だから……」

　彼女が謝りに来たのだと気づいて、キャメロンは驚いたように眉をつりあげた。「それはお互いさまかもしれない。僕はどうも、ほかの人がすぐ自分の考えに賛成してくれるものだと思ってしまうみたいなんだ。しっかり者のスコットランドの女の子には不慣れでいけないな」

　君をほめているんだよ、とばかりに彼がほほ笑む。リオーナも笑みを返した。だが、ぶつかり合った目と目には、何か特別な感情がこもっていた。

ただひかれ合っているというのではなく、身体的な苦痛に近い感情だった。見つめられていると胸の鼓動がどんどん速くなり、頭の中で火花が散って、むらむらと闘争心がわいてくる。反抗するのが何よりの自己防衛。リオーナはそんな気がした。

「それじゃ、今度は僕がお願いする番だ」彼はじっとリオーナの目を見つめたまま言った。「午後、一緒に来て、またご婦人方に僕を紹介してくれる？」

「わたし……ええ、いいわ」

キャメロンは満足そうな顔をした。

「でも、やっぱり……」

「いや、考え直しちゃだめだ。直感を信じるほうがうまくいくものだよ」

「だって……」逃げる口実が見つからない。

「じゃ、この仕事だけ大急ぎですませるから」彼は積み直していた石を指さした。

リオーナは彼の仕事ぶりに目を見張った。「これが本職なの？」

「ボストンの都心じゃ、石塀の職人はあんまり必要ないけどね。まあ、これに似たような仕事をしていることはたしかだ」

「現場監督か何か？」

「まあ、そんなところかな。どうして？　もっと立派な肩書きのほうがよかった？」

「いいえ。そんなつもりできいたんじゃないわ！　あなたが何をしていようと、わたしには関係のないことでしょう？」

「そうだよね」彼はリオーナのむっとした顔に気づかないふりをして一人ほほ笑んだ。「じゃ、またあとで」

彼はそのまま石積み作業に戻った。リオーナは家に戻ろうとしたが、不意に気が変わって、犬を口笛で呼び、丘の上に向かった。そして、羊の群れを隣の牧草地に移動させた。ジョーは年を取ってはいるが、牧羊犬としての腕はまだまだたしかだ。祖父が訓練した成果で、指図もほとんどいらない。

ひと仕事終わるとリオーナは岩に腰をおろした。ちょうど自分の家の庭が見おろせる特等席だ。キャメロンは石塀の修理を中断して、養鶏場のフェンス作りをしているロブに手を貸していた。声は聞こえないが、和気あいあいとやっている。どうやら今度の地主は、サー・ヘクターのように借地人との間に一線を引くタイプではなさそうだ。

それでも地主は地主よ。リオーナは自分に言い聞かせた。アメリカではただの建設工かもしれない。学歴だって家柄だって、わたしと変わらないかもしれない。それでもスコットランドでは地主。わたしよりは社会的地位は数段高い。どんなに頑張っても、彼にふさわしい相手にはなれないのだ。

彼にふさわしい？　ばかばかしい。リオーナはそんなことを考えている自分を笑った。わたしが〝ふさわしい〟かどうかなんて、キャメロンにはどうでもいいことなのよ。彼はセックスの対象としてわたしにひかれているだけ。彼の態度から、それくらいはわかるわ。

でも、わたしはどうなの？　リオーナはじっとキャメロンの姿を見おろした。こんなに距離があるのに、彼を見ているだけで体の芯《しん》が熱くなってくる。上半身裸のまま、キャメロンはまた石塀の修理に戻っていた。きびきびした力強い体の動きが、ベッドでの彼を連想させる。でも、わたしは彼の考えているようなうぶな娘ではない……。

リオーナはまたファーガス・ロスとの短い恋のことを思い出した。二つ年上の彼とは幼なじみで、学校も同じだった。赤毛でハンサムな彼は女の子に人気があって、自分でもいつもそれを意識していた。リオーナはそんな彼になびかない数少ない女生徒の一人だったのだが、彼にしてみれば、だからこそ追いかけてみたい相手だったのだろう。

高校を卒業して海軍に入ったファーガスが六週間のクリスマス休暇で帰省してきたとき、リオーナは牧場の仕事と祖父の看病とで心身ともに疲れ果てていた。彼の差しのべてくれた援助の手が、神様の手のように思えたのも無理はない。祖父が日増しに弱っていくのを目のあたりにして、悲しみと疲労で神経がおかしくなっていなかったら、ファーガスが見返りとして何を求めていたかがわかったに違いない。

クリスマスからひと月で、リオーナの祖父は他界した。なんとか葬儀はすませたが、悲しみは並たいていのものではなかった。彼女はがむしゃらに仕事をして気をまぎらした。葬儀の二日後、猛吹雪に見舞われた放牧地から羊を助け出すときも、ファーガスが手伝ってくれた。休暇の最後の三日間、彼はくたくたになりながら羊を移動させてくれたのだ。

雪に埋もれて死んでいる羊もいた。太ももの高さまで積もった雪の中から羊を救い出す作業を続けているうちに、心細くて弱気になってしまった。身を切られるような寒さと悲しみに耐えきれなくなって、リオーナはファーガスにぬくもりを求めたのだった。

体を許してしまうと、ファーガスはがらりと態度を変えた。〝愛している〟とも言わなくなった。いつか必ずものにできると思っていた、などとうそぶく彼に、リオーナは何も言わなかった。手紙を書くと言い残して去っていった彼からはなんの音さたもなかったが、リオーナはむしろほっと胸をなでおろしていた。自分の愚かな行動を忘れたかった。

すっかり忘れてしまえたのかもしれない。だからまた、こうして別の男性に手伝ってもらっているのだ。リオーナはキャメロン・アダムズを見おろしながら考えた。彼は健康のために他人の家の石塀を修理しているのではない。感心な地主と呼ばれるために、新しい賃貸契約書を提示したのでもない。

ファーガスと同じようにわたしを抱いて、何もなかったような顔をして去っていくつもりなのだ。ただ、わたしの気持はファーガスのときのように感傷的なものではない。もっと強くて危険な感情だ。彼のそばにいるだけで頭の中で警鐘が鳴り響くのがわかるくらいだから。

　でも、あのアメリカ人の魅力には負けない。リオーナはそう心に決めて丘をおりた。そして、キャメロンとロブに昼食を用意して一緒に食べている間も、よそよそしい態度をとり続けた。

　彼を案内して手編みの内職をしている女性たちを訪ねて回る間も、ずっとよそよそしく接していたのだが、キャメロンはそれに気づかないのか、どうでもいいのか、いっこうに意に介する様子も見せない。彼は年配の婦人たちとニットウエアについてのアイデアを交換しながら、彼女たちを魅了し続けた。

　リオーナもキャメロンの口元がほころぶのを見ては胸をときめかせ、彼がゆっくりと低い声で話すのを聞いては、背筋に震えが走るのを感じていた。彼の優しさは本物だ。インバゲールの田舎の人々にも心底優しい。それでいて、都会人らしい洗練された雰囲気を漂わせている。でも、わたしは彼にふさわしい相手じゃないのよ。リオーナは懸命に自分に言い聞かせた。

　あのときすでに、わたしは恋に落ちていたのだろうか――あとになってリオーナは、そうだったのかもしれないと思った。それなのに自分の気持を否定し、気難し屋のふりをして現実から逃げていたのだ。

　キャメロンにはそれがわかっていたのだろう。彼はどんなに冷たい態度をとられても、意をくじかれた様子も見せず、何も言わずに家まで送りとどけ、翌朝またロブと一緒に現れるのだった。

　リオーナは内心それを喜んでいた――いつも必死で彼を追い返そうとしていたにもかかわらず。

「ゲアロックの近くの鮭《さけ》の養殖場を見学させてもらうことになっているんだけど」ロブが納屋のほうに行ってしまってから、キャメロンが言った。「道がわからないから、一緒に来てもらえないかな」

いやよ。そのひと言で、彼が帰ってしまうのはわかっている。でも、もう一日だけ一緒に過ごしたい。ふくれたりすねたりしないで、楽しい時を過ごしてから、この人にさよならを言いたい。

リオーナはこっくりうなずいてから、カットオフ・ジーンズと胸元がボタン留めになった古いＴシャツを見おろした。「着替えたほうがいい？」

「いや、それでいいよ」彼の視線はリオーナの顔にじっと注がれたままだ。

同じデニムと白いシャツでも、キャメロンの着ているものはいかにも高価そうだ。だが、彼はそんな違いなど気にもかけない様子で、ＢＭＷの助手席にリオーナを促した。

今日だけは彼にすべてを任せようと心に決めたリオーナは、まるで別人になっていた。車の窓を開け、心地よい風に吹かれながら養殖場経営の構想について話していると、地主と借地人という関係など忘れてしまう。リオーナは終始楽しそうに笑ったり、ほほ笑みを浮かべたりしていた。

目的地に着いたのは昼近くだった。二人はさびれた養殖場をひととおり見学してから帰路についた。キャメロンは、昼食にしようと言ってロック・ゲールの海岸沿いにある細い道を入っていく。

「このへんには、何もないわよ」

「いいんだ。ミセス・マッケンジーにお弁当を用意してもらったから」彼は車からおりて、トランクからピクニック用バスケットを出した。

リオーナは海岸のほうに向かう彼のあとについていった。サンダルは途中で脱いだ。よく晴れた日で、真昼の太陽が澄みきった入江の水を反射している。

さらさらと柔らかい砂。寄せては返す波の音。ピクニックにはもってこいの午後だ。

　広げた敷物の端に膝をつくと、リオーナは不意に緊張した。キャメロンがお弁当を広げ、ワインのコルクをぬいてグラスを差し出した。

「わたし、お酒は飲まないの」

「えっ？　全然？」

「お酒を飲むと頭の回転が鈍くなって、善悪の区別がつかなくなって魂が破壊されるって、祖父に言われて育ったから」

「へえーっ！　君のお祖父《じい》さん、きっとすごく信心深い人だったんだね」

「全然よ。宗教は弱者の心のつっかい棒、独善的な人の言い訳でしかないって言ってたわ」

「彼はしっかり自分の意見を持っていたんだね」

　リオーナはそんな祖父を心から愛していた。つむじ曲がりだ、頑固者だ、と他人は思っていただろう。だがリオーナは彼から、自立してたくましく生きる術《すべ》を教わった。エジンバラ王立音楽大学に行くか、村に残って彼の世話をするかの選択を迫られたとき迷わず後者を取ったのも、音楽の才能も含めて、自分が今あるのは祖父のおかげだと思ったからだった。

「ええ。でも、人の意見も尊重していたのよ」

「僕の大伯父のサー・ヘクターよりずっとよくできた人だったわけだ。二人は会ったことがあるの？」

「ええ」あれは思い出したくない出来事だ。

「それで、勝ったのはどっち？」

　リオーナはほほ笑んだ。「まあ、五分五分ってところかしら。あるとき、サー・ヘクターがロンドンから人を招いてパーティーを開いたの。彼は祖父のロディーと祖父の友達にただでダンスの伴奏をさせようとしたらしいんだけど、祖父に〝あなたの葬式では、ただでオルガンを弾きますが、それ以外の場でただ働きはお断りします〟なんて言われたものだから、かんかんに怒ったわ」

「で、金は払ったの？」キャメロンがほほ笑み返す。

「ええ。六十ポンド。お友達みんなに、本物のスコットランドを味わわせてやるって豪語した手前、演奏を中止するわけにはいかなかったみたい」

「それじゃ引き分けとはいえないな。君のお祖父さんの勝ちだよ」

　リオーナは首を横に振った。「いいえ、サー・ヘクターだって負けてはいなかったわ。それから二、三年、クロフトに大工さんが順に入って修理をしていったんだけど、うちだけ飛ばされちゃったの」

「それで、あんなにひどいのか」キャメロンは眉根を寄せた。「だから僕に修理させたくなかったの？僕がサー・ヘクターの親類だから？」

　リオーナは肩をすくめた。そんな単純な理由ではないが、この複雑な気持を説明するつもりはない。

　彼は広げたお弁当に目をやった。好きなだけ取るようにと皿を渡されて、リオーナはおなかがすいていたので、たっぷりと取りわけた。

　キャメロンはにっこり笑った。「年中ダイエットしてる女性ばかり見ているから、うれしくなるよ」

　自分も〝女性〟に見られていると思うと、妙にうれしかった。が、次の瞬間、侮辱されたような気分になった。君もダイエットしたほうがいい、彼はそう言っているのではないだろうか？

「あなたのガールフレンドたちは、みんなスリムなんでしょうね――雑誌のモデルさんみたいに」

「どうしてガールフレンドが一人じゃないって、きめつけるの？」

「だって……あなたは独身だから……」

「数撃ちゃあたる？」彼は笑った。「そりゃ、三十五歳で独身だからね。若いころは恋人も何人かはいたけど、僕は基本的には一夫一婦主義者なんだ」

「えっ？」

「一夫一婦主義者。つまり、一度に一人しか相手にしない主義」

「ふうん」

彼は首をかしげて笑っている。わたしが混乱しているのがおもしろいのだろう。もうたくさんだ。リオーナは食べることに専念した。コールドチキンとサラダはおいしいが、暑さのせいか喉がからからだ。何か飲みたい。

リオーナがワインを飲みたそうにしているのに気づき、キャメロンは新しいグラスに一杯注《つ》いだ。

「はい。飲んでごらん。こんなの酒じゃないから」

リオーナはおそるおそる匂《にお》いをかいでから、少しだけなめてみた。ビールのような匂いもなく、ウイスキーのようにつんとくる強さもない。きらきら光っていて、日差しの匂いがする。舌の上で泡が踊っているような感じだ。生まれて初めて飲むフランス製のシャンペンは、このうえなくおいしかった。

「おいしい？」キャメロンがほほ笑みかける。

リオーナはうなずいた。「おとな用レモネードって感じね」

「うん」彼は笑って自分もお代わりをしている。リオーナが一気にグラスを空けると、キャメロンはもう一度グラスを満たしてから注意した。「だけど、やっぱりレモネードとは違うから、あんまり急いで飲まないほうがいい」

「でも、お酒じゃないんでしょう？」

彼は顔をしかめてみせた。「イエスでもあり、ノーでもありってとこかな。ある程度は酔うよ」

リオーナはしかめっつらを返した。全然酔った気はしない。気持がいいだけだ。二杯目を飲みほしたときも、前より気持がよくなっただけだった。

からのグラスを差し出すリオーナを見て、キャメロンは一瞬迷い顔になったが、彼女の笑顔に負けてボトルの残りを全部そのグラスに空けた。

それからのリオーナはよくしゃべった。キャメロンの両親のことを尋ねると、サー・ヘクターの姪《めい》にあたる母親は、彼が八歳のときにがんで亡くなり、父親は彼が十三のときに再婚したのだという。

「新しいお母様のことは好きになれた？」リオーナはほろ酔い気分で、そんなことまできいていた。

彼は片方の眉をつりあげてから、首を横に振った。「会えばわかるけどね。僕は彼女のことをドラゴン・レディーって呼んでいた」

「陰で？」

「ううん。目の前で」

二人は声をあげて笑った。

「それで、きょうだいはいるの？」

彼は肩をすくめた。「義理のきょうだいが一人。メリッサって名前の妹で、十歳年下なんだ」

ということは、二十五歳。その計算ができないほど酔ってはいないが、頭はぼうっとしている。「きっとモデルさんみたいなんでしょうね」

「うん。やせてるよ」

「それに、きれいなんでしょう？」リオーナはだんだん自分があわれに思えてきた。

「とってもきれいだよ」キャメロンの声は笑っている。「どうして、そんなことをきくの？」

「べつに」会ったこともないのに、リオーナはその妹に反感を抱いていた。「頭もいいの？」

「バサーを卒業したんだ」それが何を意味するかは、リオーナにも想像がついた。「正直言って、才媛《さいえん》の見本みたいなんだ。おかげでいまだにそれにつり合う相手が見つからない」リオーナの顔をのぞき込むキャメロンの目が笑っていた。

義理の妹がよほどかわいいのだろう。リオーナはつい皮肉を言ってしまった。「そんな才媛なら、あなたが相手として名乗り出ればいいのに。だって、血のつながりはないんでしょう？」

「うん。メリッサと僕は似合いのカップルだと言われたこともある」

誰に？　そこまではきけない。最初からよけいな詮索《せんさく》をしなければよかったとリオーナは思った。

「わたし、ちょっと散歩してくる」不意に立つと足元がふらついた。頭が軽くなったような感じだ。

「一緒に行こう」彼も笑顔で立ちあがる。

言い争う気力もないまま、リオーナは彼に手をつながれて浜辺を歩き始めていた。

ほかの男性と一緒の時は百七十センチを超える身長を意識してしまうのだが、キャメロンと一緒だと彼の背の高さのほうが気になる。頭がちょうど彼の顎までしかないのだ。手もすっぽり彼の手の中に入ってしまって、自分がひどくか弱い女に思える。

二人は砂浜が岩に変わるあたりまで無言で歩いた。そして立ち止まり、海を見た。入江の反対側の丘には、黄色いエニシダと紫のヒースの花が咲き乱れている。

「これ以上にきれいなところはないよね」キャメロンがリオーナに目を移して言った。

「わからないわ。わたしはスコットランドの高地しか知らないから」

「どこかに移り住もうと思ったことはないの？　大学に行くとか、就職するとかで」

エジンバラ王立音楽大学の話をしようか？　でも、信じてもらえないだろう。この人は、わたしがスコットランドのダンス曲リールを弾くのくらいしか聴いたことがないのだ。

「ないわ」リオーナは無意識に顔を曇らせていた。

「お祖父さんがいたからね」キャメロンが言葉を結んだ。「ドクターに聞いたんだけど、最期までお祖父さんを見取ったんだってね。大変だっただろう」

「大好きだったの」リオーナは首を横に振って、キャメロンに背を向けた。

彼はそっとリオーナの腕を取って向き直らせた。

「ごめん。そんなつもりじゃなかったんだ」

「あなたは何も悪くないのよ」涙が頬を伝った。

キャメロンが長い指でその涙をせき止める。リオーナはうつむいて目を閉じた。いつもはこんなに簡単に泣いたりしないのに、いったいどうしたの？

彼はリオーナの顎に手をあて、自分のほうを向かせようとした。感傷的になってはいけない。でも、キャメロンに優しい目で見られると唇の震えが止まらなかった。顔をそむけると、彼は両手で頬を包んだ。

「いいんだよ、泣いても」キャメロンはリオーナの髪をなでた。

同情などいらない。そんなことをする彼も嫌いだ。リオーナは自然な欲求を無理やり否定して、強がりを言おうとした。キャメロンが片手を後ろに回し、赤ん坊をあやすように頭を抱いて、それを制した。

息が苦しい。リオーナは唇をなめた。それに刺激されたのだろうか。キャメロンは目でリオーナの舌の動きを追い、そのあとを指でなぞった。そして、じっと彼女の顔を見ながらゆっくりと唇を合わせてきた。キスなんてさせちゃだめよ。わかっているのに、胸が高鳴って逃げられない。唇が触れ合った。優しい、子供をあやすようなキスだった。リオーナが花びらのような唇を開いてそれ以上を求めなかったら、そんな口づけで終わっていたのかもしれない。だが、それだけでリオーナはもう自分を見失ってしまった。キャメロンはリオーナを抱きしめ、荒々しく唇を押しつけてくる。リオーナのほうも彼の首に両手を回して、夢中で応《こた》えていた。

二人は何度もキスを交わし、やがて砂浜に倒れ込んだ。キャメロンがリオーナに覆いかぶさって、慣れた手つきでTシャツの胸元のボタンを外し、肩をはだけてブラをずらした。リオーナはどきっとした。

胸に唇を押しつけられると、思ってもみなかった快い衝撃が全身を駆け巡った。リオーナは身をのけぞらせ、声をあげてキャメロンを求めた。

もし、キャメロンがそのまま誰もいない砂浜で体を合わせようと思えばできたはずだ。リオーナはもうすっかり自制心を失っていた。が、彼はすぐに自分を取り戻した。ほんの少しリオーナのきれいな胸を見つめてから、Tシャツの胸元を合わせた。

みじめだった。キャメロンに拒絶されたのだ。

彼は上体を起こして入江のほうを眺めている。

「君がほしい。でも、こんなふうにじゃないんだ」

そんな彼の言葉も、慰めにはならなかった。Tシャツのボタンを留めながら、リオーナは自分を責めた。〝やめて〟と言うべきだったのよ。わたしが彼にキスさせたり、砂の上に寝転がったりしたから……。

自分にも彼にも腹が立った。リオーナは急いで立ちあがって、一人で歩き出した。呼ばれても返事をしなかった。キャメロンは昼食を食べた場所まで、黙ってついてきた。そして、サンダルを拾いあげて立ち去ろうとするリオーナの腕をつかんだ。

リオーナは顔をそむけたままだ。キャメロンは重いため息をついた。「悪かった。弱みにつけ込んで」

リオーナはびっくりして彼のほうを向いた。

「シャンペンでほろ酔い気分だってことがわかっていながら誘いをかけるなんて、ずるいよね」

怒りは罪悪感に変わった。頭がくらくらしていて、警戒心を失ってしまったわたしが悪いのだ。「わたしのほうこそ、はっきり断らなかったから」リオーナは恥ずかしそうに言った。

キャメロンはほほ笑んだ。「ううん。君はすごくきれいだった。問題は、どこまでがシャンペンのせいで、どこまでが僕のせいかなんだ」

〝すごくきれいだった〟その言葉にリオーナは頬を染めた。問題の答えはともあれ、魅力があると言われたのはうれしかった。

顔を赤くしているリオーナを見て、キャメロンはまたほほ笑んだ。それから、昼食のあと片づけを始めた。黙って見ているのも気づまりだ。リオーナもしゃがんで手伝った。

帰りの車の中は、まったくの沈黙というわけでもなかった。キャメロンはまるで〝古代の墓〟のようなインバゲール・ホールを改築し、外見は変えずに最新の設備を入れる計画だという。子供のころに何度か訪れたときでさえすき間風だらけだったのだから、今の状態は推して知るべしだろう。リオーナも彼の考えには反対しなかった。だが、彼がそこにずっと住むのかと思うと、心中穏やかではいられない。

リオーナは、キャメロンがつかの間の情事以上の何かを期待しているのだと思いたかった。

しかし、キャメロンのような男性は女性関係も派手だ。彼も四十くらいまではせいぜい遊んで、それからあと継ぎを作るためだけに、誰かと結婚するのだろう。でも、その〝誰か〟はわたしではない。先祖がスコットランド出身のアメリカ人のところになら、貴族の娘がいくらでも来る。美しいドレスを着た上品な伯爵令嬢になど、太刀打ちできるわけがないではないか。

クロフトに戻るころにはすっかり酔いもさめて、リオーナはまたもとの気難し屋に戻っていた。

キャメロンが助手席のほうを向いた。「あしたのことだけど……」

「あしたはだめなの。インバネスに出かけなくちゃいけないから」

「偶然だね」彼はうれしそうな笑顔を見せた。「僕があしたどこへ行く予定だと思う？」

ひょっとしたら……。だがリオーナは黙っていた。

「別の養殖場を見学しに、インバネスの外れまで行くんだ」

「ほんとう？」

「何時に迎えに来ようか？」

「いいのよ。バスで行けるから」

「何を言っているの。どうせインバネスまで行くんだから、乗っていけばいいじゃないか」

「でも……わたし、車酔いするの」下手な言い訳だ。

「特に長距離ドライブは苦手なのよ」

「ふうん。車に酔うんだったらバスにも酔うんじゃないの？　じゃ、薬持参で迎えに来るよ」

「違うの。だから、もう……」

「一緒に行きたくないか」キャメロンの顔がゆがんだ。「言いたいことはわかった。でも、どうして？」

「あの……わたし……」リオーナはうろたえた。

「お返しに君のベッドに入れてくれなんて言わないけどな」

　リオーナは赤くなった。そんなに露骨に言わなくてもいいのに……。「わたし、べつにそんな……」

「そんなこと考えてなかった？」彼はかすかに顔をしかめた。「砂浜であんなことしたあとだから、動機を疑われてもしかたないよね。でも、約束する。絶対に君に触れたりしない。プライベートなことも話題にしない。天気の話ならいいだろう？　じゃ、何時に迎えに来ようか？」

　リオーナは開きかけた口を閉じた。とても彼にはかなわない。

「九時でどう？」

「ええ、九時ね」

　この人はいつもこうやって自分を通してきたんだわ。リオーナは思った。この濃いブルーの目で見つめられて、こんないたずらっぽい笑みを向けられたら、誰だって膝の力がぬけてしまう。こんな愚かな女が世界中にどんなにたくさんいることか。

　でも、わたしはそんな女になってはいけないわ。

4

翌朝八時半、リオーナは村の雑貨屋の前のバスの停留所に立っていた。連れもいた。ドナルド・マッカイバーは娘に会いに行き、ベティ・マクリーンは月に一度の足の治療でインバネスの病院に行くのだという。

ほっとしたのもつかの間、ＢＭＷがこちらに向かってきた。リオーナはとっさに向きを変えた。ベティが後ろで言った。「あら、あの人じゃないの？ ほら、スピードを落としたわ」

リオーナはがっかりした。彼がこんなところを通るなんて予想外だ。

車が停《と》まってキャメロンがおりてきた。「やっぱりここだったんだ。どっちかが約束の時間を間違えたみたいだね」彼は野次馬の手前を取りつくろってから、〝うまく裏をかいただろう〟と言いたげな視線をリオーナに投げてよこした。そして、リオーナが口を開く前にほかの二人に話しかけた。「バスを待っておられるんですか？」

ドナルドがかしこまってうなずく。ベティはうれしそうに顔を輝かせた。「そうなんですよ、地主様」

リオーナは歯ぎしりした。

キャメロンはおもしろがっているようだ。「それじゃ、みなさん、どうぞ」地主の車に同乗するなどとは信じられないのだろう。ベティは興奮している。彼は後部座席にベティとドナルドを乗せてから、助手席側のドアを開けて、リオーナを小声で促した。「ほら、乗って。これで僕は無害だろう」

「どういう意味？」

「付き添いが二人もいたんじゃ、手も出せない」彼はドナルドとベティのほうに顎を突き出した。

リオーナはキャメロンの皮肉にまた歯ぎしりした。しかし、ベティが後ろにいたのでは、反抗できない。〝ニュース屋ベティ〟においしい話題を提供するなんてまっぴらだ。

それから一時間あまりの道中、リオーナはずっと緊張しどおしだった。すっかりキャメロンのペースに巻き込まれたらしいベティは、噂《うわさ》話に花を咲かせている。ドナルドのほうはBMWで疾走するのが楽しくてたまらない様子だ。インバネスに着くと、キャメロンは二人を目的の場所でおろした。

「友達作りと人の心を動かす名人なのね」リオーナは苦々しげにつぶやいた。車はベティを病院の前でおろして、走り去ろうとしている。

「いけないかな？　地元の人たちにアピールしておいたほうが、越してくることになった時に楽だからね」

「ベティのあなたに対する評価ががらっと変わったことだけはたしかよ……地主様」

彼は笑った。「いいんじゃないの。アメリカ人は肩書きが大好きだから」

キャメロンはリオーナをからかっているのだ。リオーナは押し黙った。車は町の中心部に入ろうとしている。「ここでおろして」

「どうして？　どこへ行くの？」キャメロンは道路脇《わき》に車を停めた。

どこに行こうと彼には関係ないはずだ。「特にどこって決まってないの」

「ショッピングか。世界中どこへ行っても、女性はショッピングが好きみたいだね」

リオーナはむっとした。「ショッピングなんかじゃないわ。ほんとうはわたし、仕事に来たの」

「仕事？　何をするの？」

羊の群れを追うしか能がないと思っているのだろ

うか。「ピアノの先生よ」

「君が教えてるのか！」彼は感心した様子だ。「学校で？」

「いいえ。出張教授なの」

キャメロンは眉根を寄せた。「生徒はみんな女性だといいが」

「どうして？」

「まさか、君、そこまでうぶじゃないだろう？」彼は視線を落とした。ふっくらとした体を質素な白いブラウスと木綿のスカートで包んでいる。

「大間違いよ、男の人がみんな女性を……」

「セックスの対象と見ていると思ったら？」口ごもったリオーナの言葉のあとを、キャメロンがついだ。「それはそうだけど、はっきり言って、男はみんな君のことを魅力的だと思うだろうな。寄るな触るなって蹴散《けち》らしても、刺激しようとしてわざと逃げているんだとしか思わないだろう」

いやがらせでこんなことを言っているだけなのだ。そう思っているのに、頬が熱くなってくる。

彼はそんなことには気づかないようだ。「それで、生徒の中に男の人はいるの？」

「ええ。一人」

「若い人？　年配の人？」

「若い人よ」

彼は不満そうに頭を振った。「で、君はその人の家に行くの？」

「しかたがないでしょう？　そこにしかピアノがないんだから」

「防衛策は取ってる？」

「なんのこと？　飛び出しナイフ？　連発拳銃《けんじゅう》？　それとも機関銃？　ここはアメリカじゃないのよ」

「それに代わるものもある。たとえば携帯用の催涙スプレーだとか」

「ほんとう？」リオーナは調子を合わせた。「だけど、そんなもの持っていったら、彼のお母さんはなんて言うかしら」

「お母さん？」

「そうよ」リオーナは無邪気を装って言った。「わたしの生徒の中でただ一人の男性ユーインはまだ七つなの。八つだったかな。たしかお誕生日が……」

「わかったよ、わかった。僕はただ君のことを思って心配してただけなんだから。どうしてだかは自分でもわからないけどね！」

　何をそんなにいらいらしているの？　心配してくれって頼んだわけでもないのに、恩に着せないでほしいわ。リオーナは足元に置いていた手提げ袋を取り、車のドアを開けようとした。

　キャメロンがリオーナの腕をつかんだ。「何時にどこへ迎えに行こうか？」

　リオーナは首を横に振って、手提げ袋を目で示した。「今日は泊まりよ」

「どこに？」

「川沿いにある朝食つき民宿《ベッド・アンド・ブレクファスト》。いつもそこに泊まるの」

「じゃ、夕食を一緒にどう？」

「インバゲールに帰るんじゃなかったの？」

「急ぐわけじゃないから。食事がすんでから帰ってもいいし……ねえ、どう？　ロイヤル・カレドニアンがおいしいって聞いてるけど」

「だめ。あそこはだめよ！」

　キャメロンはいぶかしげに目を細めた。「どうして？　何がだめなの？」

「あ、いいえ……そうじゃなくて……先に言わなくてごめんなさい」リオーナはあわててごまかした。「今日はご一緒できないの。だって、仕事があるんですもの」

「仕事？　夜までずっと？」

「ええ、まあ」

「ピアノを教えるの？」

「まあ……似たようなことよ」

「男に会うの？　それなら隠すことないよ。僕は村中に宣伝して歩くようなことはしないから」

「いいえ、違います」リオーナは歯を食いしばった。「わたしが何をしようと、あなたには関係のないことですけれど！」

「それはそうだけど、かわいそうなアンガスはなんて言うかね」

「アンガス？」

「君のボーイフレンドだよ」

「彼の名前はファーガスよ」リオーナはむっとした。「それに、あなたの知り合いでもないのに、彼の心配まですることないでしょう」

「同じ目にあっている仲間として、同情にたえなくてね」

「わたしがほかの男性に会ってやきもちをやくんだったら、ファーガスはわたしがあなたとお食事をするのもいやがるはずよ」

「そうか」彼は怒り出した。「だから僕と食事できないっていうの？　ボーイフレンドを怒らせるのが怖いから？」

「違うわ！」リオーナはかっとなった。「何度言ったらわかるの？　仕事だって言ってるでしょう」

「わかったよ。だけど、君は何か隠している」

なんという傲慢《ごうまん》さだろう。でも、隠しているというのはほんとうだから、何も言い返せない。

「じゃ、わたし、もう行かないと。乗せてくださってありがとう」リオーナはそそくさと車をおりた。

彼もおりてきた。しかし、そのときにはもうリオーナの姿はなかった。彼女はすぐそばの書店に入り、店内を埋めていた観光客の間を縫って裏出口から出てしまったのだ。キャメロンが呼ぶ声が聞こえたような気がしたが、リオーナはそのまま狭い通りを駆けぬけてやみくもに歩いた。

　正直に言えばすんだことなのに、どうしてそんなばかなことをしたのか、自分でもわからなかった。

　リオーナがピアノを教え始めたのは、祖父が亡くなった直後のことだった。夜の仕事は、生徒の一人メアリー・マシソンの父親の紹介で手に入れた。彼はインバネスでいちばん大きなホテル、ロイヤル・カレドニアンの支配人をしているのだ。ホテルのカクテルバーは地元のピアニストによる生演奏を売り物にしているのだが、木曜日はそのピアニストが休みなので、八時から夜中の十二時まで、リオーナが代役を務めている。

　最初は緊張もしたが、すぐに誰も一生懸命聴いていないと気づいた。ほとんどの客は、隅で誰かがピアノを弾いていることすら知らないようだ。甘いだけの曲はあまり好きではないが、給料がいいので、祖父が病気の間にたまった借金の返済には助かっている。

　その日もいつものようにあわただしく過ぎた。ピアノを教えるのは楽しいのだが、生徒の家を一軒一軒歩いて回るのは疲れる。宿に着いたのは七時少し前だった。その民宿のオーナーはマシソン氏の友人で、いつも空けてくれる奥の小さな部屋に、演奏用の衣裳を置かせてもらっている。ぴったりした身ごろの中心が編みあげ風になった、膝丈のフレアスカートのイブニングドレスは、黒と白の色違いで二着持っている。どちらも似合わないが、ドレス専門店のセールで安く買えたのだ。ロイヤル・カレドニアンには、ドレスの上から古いレインコートをはおって歩いていく。

　リオーナはコートを受付に預けてから、カクテルバーに入っていった。まだ客は食事中らしく、バーはがらんとしている。

「やあ、いらっしゃい」バーの店主エリックがリオーナに声をかけた。「今日の調子はどう？」

「それが、いま一つなのよ」リオーナはざっと店内を見回した。客は二人。あとはエリックとウエイターが二人いるだけだ。

「もうすぐ満員になると思うよ。ゆうべもすごかったんだ、アメリカ人のラッシュで。横柄でいやになるぜ！」エリックは鼻の頭にしわを寄せた。「おまけにウオールバンガーかマティーニしか注文しない。まあ、チップの出し方だけは心得ているけどね」

リオーナは首を横に振った。そこまできめつけるのは気の毒というものだ。アメリカ人旅行者はみんな親切で愛嬌《あいきょう》があるし、スコットランド高地の美しさを心から楽しんでくれている。エリックのような人間が〝横柄〟だと言うのは、アメリカ人の自信をやっかんでのことなのだ。

リオーナはキャメロン・アダムズのことを考えていた。彼は借地人たちが想像していた地主とは雲泥の差だった。牧場が、イングランドからときどき訪ねてくるサー・ヘクターのまたいとこにではなく、誰一人知らない姪《めい》の息子に遺《のこ》されたと聞いて、村の人たちは腰をぬかすほどびっくりしたものだ。

代理人を使って土地を切り売りしてしまうだろうという人々の予想に反して、キャメロン・アダムズは自ら町にやって来た。それも、亡くなった地主が思ってもみなかったような計画を胸に、さっそうと現れたのである。

それなのに、なぜわたしはこんなに彼に敵意を感じるのだろう？　エリックと同じで、自信とバイタリティがうらやましいのだろうか？　まさか。ただ混乱しているだけだ。怖い気持もある。いや、それだけではない。浅黒い端正な顔が頭に浮かんで、リオーナはぶるっと身震いした。

「寒いの？」エリックが心配そうな顔をした。「よかったら僕の特製ウイスキーで……」

「ありがとう。でも、いいわ」リオーナは即座に断った。シャンペンの二、三杯であんなになってしまうのだから、エリックの〝特製〟ドリンクなど飲んだら大変なことになる。「集中力がなくなると、ピアノが弾けないから」

「ここで弾いているような曲は」エリックは顔をゆがめた。「もどかしくてしかたないだろう」

リオーナも顔をしかめた。「わたしはお客様に喜ばれる曲を弾いているだけ。知ってるでしょう」

「うん。君がせっかくの才能を無駄に使っていることも知ってる」エリックはため息をついた。「君みたいに上手にクラシックが弾けるピアニストに、酔っ払い相手のくだらない曲ばっかり弾かせておくなんて、もったいない話だ」

「それでも音楽は音楽よ」先週、あんなことをして見せびらかさなければよかった。たまたまバーに誰も客がいなかったので、リオーナは大好きなショパンの曲を弾いてみたのだ。特に難しい曲ではなかったのだが、主任のエリックはひどく感激していた。

「いや、どう考えてももったいないよ」彼は舌打ちしてから、バーの向こう端にいる客にドリンクを出しに行った。

　リオーナはピアノの前に腰かけた。ここでは楽譜などいらない。

　十時には、バーはもう満員になっていた。いつもながら、耳を傾けてピアノ演奏を聴くような客はいない。カップルは自分たちだけの世界に閉じこもっているし、グループで来ている客は、バックグラウンドミュージックなど聞こえないくらい騒いでいる。ときたま、一人で来ている男性客の視線を感じることもあるが、それもピアノの演奏に引きつけられているのではないのはわかっている。

　今夜もそんな男性客が一人いるようだ。そう気づいたのは、ウエイターの一人がドリンクを運んできたときのことだった。

「お客さんが君にって」トミーはにこっと笑って、ちょうど一曲弾き終えたリオーナに、透明なドリンクの入った細長いグラスを差し出した。

「なあに、これ？」

「シャンペンに決まってるだろう！　いちばん上等のシャンペンをとどけてくれって、お客さんからのご注文でね。ボトル一本いくらするか知りたい？」

「べつに」リオーナは唇をすぼめた。

「じゃ、どのお客さんからかは？」

「聞きたくもないわ」

「いつもみたいに酔っ払いじゃないんだぜ。それに、シャンペンを飲んでるから、相当金持みたいだ。ねえ、僕の意見、聞きたい？」

「いいえ」

「僕だったら、探りを入れてみるけどなあ」トミーはウインクして、仕事に戻っていった。

　リオーナはグラスをそのままピアノの上に置いた。探りを入れるどころか、誰がこんなことをしたか知りたいとも思わなかった。

　その夜は時間のたつのがひどく遅かった。

　十二時にリオーナが店を出たとき、バーはまだかなりにぎわっていた。ビジネスマンの一人に声をかけられたが、知らん顔をして通り過ぎた。シャンペンをよこした客かもしれないが、あのシャンペンには手をつけていないのだから返事をする義理もない。

　一分でも早く宿に戻ってベッドに横になりたい。リオーナはコートをはおって表に出た。暗い川沿いの道は片側だけが街灯に照らし出されている。ベッド・アンド・ブレクファストまではタクシーに乗るほどの距離ではない。

　後ろから声をかけられるまで、リオーナは誰かにあとをつけられているのに気がつかなかった。

「待ちなよ、お嬢さん。送っていこう」

リオーナは振り返った。頭のはげたビール腹の中年の男がにやにやしている。さっき声をかけてきたビジネスマンだ。下心があるようには見えない。

「結構です。すぐそこですから」

「いや、そうはいかない」男はリオーナの腕をつかんだ。「こんなにきれいなお嬢さんが、夜道を一人で歩くのは危ない。悪い狼《おおかみ》がうろうろしているからね」吐く息が酒くさい。

「ほんとうにいいんです。一人で歩けますから」

「どうして？　僕が信用できないっていうのか？」男は声色を変えた。「何かされると思っているのか？　路地に引きずり込まれるとでも？」

「いいえ」おびえているところを見せてはいけない。リオーナは笑顔を作った。「ご迷惑をおかけしたくないだけですわ」

「迷惑なんかじゃないよ」男の視線でリオーナはコートのボタンをかけていなかったのをくやんだ。

「かわいいねえ……家はどっち？」

リオーナは道路の向こう側を指さした。道を渡ろうとしたとき車が通りかかって、あやうくひかれそうになった。街灯の光のあたらないところを、並んで歩き出すと不安がどんどんふくらんできた。

大きな家の前まで来ると、リオーナは足を止めた。

「それじゃ、ありがとうございました」

男は手を離さない。「ここが君の家？」

リオーナはうなずいた。

彼は家を見あげた。どこにも明かりはついていない。「誰もいないみたいだな」

「い、いいえ。両親はもう寝ているんです」

男はいやらしい目つきでリオーナを見た。「じゃ、コーヒーでもごちそうしてもらおうか」

「あの……それは、ちょっと……。両親が目を覚ますかもしれませんから」腕を振りほどこうとしたが、なかなかうまくいかない。

「それじゃ、裏口のほうに回ろうか？」

「えっ？」

「だから、いいことしようって言ってるんじゃないか、裏に回って」男はリオーナに抱きついた。

そして、ショックで身動きできなくなっているリオーナの胸を乱暴につかみ、門に押しつけてキスしようとした。リオーナは全身の力を振りしぼって抵抗した。

だが、酔っている男の力にはとてもかなわない。すねを蹴られかけてますます逆上した彼は、リオーナの口を汗ばんだ手のひらでふさいだ。

「荒っぽいのが好きか。え？」男はもう一方の手でリオーナのドレスをまくりあげた。

声を出すこともできないまま、リオーナは身をよじった。体が持ちあげられて、門に押しつけられたと思うと、口をふさいでいた手は離れ、男の体が後ろへ引きずられた。

見るとその首には腕が巻きついている。誰かが後ろから引っ張っているのだ。よかった。助かった。リオーナは門にもたれかかった。男が腹をなぐられる音に続いて、走って逃げる音が聞こえた。

目の前にまた人影が現れた。ぎくりとして身構えるリオーナの耳に、聞き覚えのある優しい声が響いてきた。「僕だよ、リオーナ。もう大丈夫だ。あいつは逃げていった。もう安心だ。ほら、僕だってば」

信じられない。でも、ほんとうにキャメロンだ。リオーナは声をあげて、彼の腕の中に飛び込んだ。全身ががくがく震え、涙がぽろぽろこぼれた。

キャメロンはリオーナが泣きやむまで黙って抱いていてくれた。やがて、裂けて汚れてしまったドレスの上に、ずり落ちたコートを着せかけて、顔にかかった髪を払いのけた。「歩ける？」

リオーナはうなずいた。足首が痛い。キャメロンはリオーナを座らせ、足元にしゃがみ込んだ。

「骨は折れていないと思うけど」彼は足首を触ってみる。「ねんざしているな……抱いていくよ」

「大丈夫。なんとか歩いてみるわ」

「無理だって」彼はリオーナの顎に手をあて、上を向かせた。「怖がらないで。何もしないから。絶対に」

嘘《うそ》ではない。目を見ればわかる。リオーナはキャメロンの言葉を信じた。

彼に抱きあげられて、リオーナはもう一度泣いた。

彼は来た道を戻っていく。ホテルの前まで来たところで、リオーナは首を横に振り、身をよじって彼の腕からすりぬけた。

「まったく。僕があとをつけてなかったら、どんなことになっていたか」

リオーナはぶるっと震えた。言われなくても、わかっている。でも、もう思い出したくない。

「あとをつけてたの？」

「やっぱり食事をして帰ることにしてね。食後のドリンクでもと思ってバーに行ってみたら、なんと君がピアノを弾いてるじゃないか。でも、仲直りのプレゼントを無視されちゃったから……」

「ええっ？　あれはあなただったの？　わたし、てっきり……」

「あの男がよこしたと思っていた」キャメロンの声がこわばった。「だから、送らせたの？」

「いいえ。不意に出てきたの」

「知り合いじゃなかったのか」

リオーナはまた首を横に振った。

「いつも歩いて帰るの？」

リオーナは黙っていた。

「正気のさたとは思えないね」キャメロンはあきれ返ったようにため息をついた。「一緒に歩いているから、デートの約束をしたんだとばっかり思っていたよ。あとをつけたのは……もういいか。でも、僕があとをつけていなかったら、どうなっていたか」

リオーナはがっくりと頭を垂れた。ほんとうに愚かだった。弁明の言葉もない。

「とにかく、無事でよかったよ。あいつ、必ずぎゃふんといわせてやる。警察に任せれば、見つけ出すのは簡単だから……」

「お願い、やめて。警察には行きたくないの。ホテルに戻るのもいや。わたし、うちに帰りたい」

「インバゲールに？」リオーナの頰を伝う涙を見て、キャメロンは降参した。「わかった。じゃ、送っていこう。警察にはあした電話してもいい」彼はホテルの駐車場までリオーナを抱いて歩いた。

車の中は暗くて暖かい。リオーナはふかふかのシートに疲れきった体をうずめた。キャメロンが無言でいてくれるのがありがたい。何もかも忘れてしまいたかった。自分が悪いことをしたわけではないのに、なぜかひどく恥ずかしかった。

キャメロンは車を飛ばし、それから一時間ほどでクロフトに着いた。彼は玄関先まででいいと言うリオーナにはかまわず、彼女を抱いたまま中に入り、階段をのぼった。

彼はベッドの端にリオーナを座らせて、足首をそっと動かしてみた。「医者を呼ぼう」

「冗談はよして！」リオーナはようやくいつもの調子を取り戻した。「ねんざくらいで、夜中の二時にお医者様を呼んだりする人がどこにいるの？」

「ただのねんざじゃないかもしれない」彼はひざまずいて、はれあがった足首を調べている。

「そんなにいじったら、どんどんひどくなるじゃない」

彼は横目でリオーナを見あげた。「相変わらずフェイスティだな」

「フェイスティ？」聞いたことのない言葉だが、ほめられているのでないことだけはわかる。

「元気がいいってことさ。僕ももう慣れてきたけどね。でも、常識も少しはあったほうが失敗は少ない」キャメロンは涙のあとのついた顔を見あげた。

リオーナは目をそむけた。彼の言おうとしていることはよくわかっている。「そうね。うかつだったわ。タクシーに乗ればよかった。インバネスであんなことが起こるなんて思わなかったものだから」

「ああいうことはどこででも起こるんだよ、リオーナ。でも、君が悪いんじゃない。ただ、世間知らずなだけさ」キャメロンはリオーナの顔にかかった髪をそっと払いのけた。

優しいしぐさだった。が、優しさ以外のものも感じる。リオーナはおびえたようにあとずさりした。

彼はつらそうな顔をした。「大丈夫だよ、リオーナ。あんなことがあった直後だから、男の手を気持が悪いと感じるのはあたり前なんだ。でも、今夜の出来事は男女の愛情とはなんの関係もない。いつか君にも恋人ができたら……」

「違うの！ ほんとうはわたし、あなたが考えているみたいな……わたし、前に……」リオーナは何もかも話してしまうつもりだった。

「もういいんだって」彼はリオーナの手をぎゅっと握った。「ゆっくりおやすみ。冷湿布の用意をしてくるから、その間に着替えて。いい？」

リオーナはこっくりうなずいた。そしてキャメロンが出ていくのを待って、コートと泥のついたドレスを脱ぎ、いつも寝るときに着ているシャツに着替えた。小さくなってしまったパジャマの代わりにもらった祖父のシャツは、襟が高く丈もたっぷりあるので、体の線が目立たなくていい。

キャメロンがぬらしたタオルを二、三枚持って戻ってきた。

冷たいタオルでくるまれた足首が心地よい。痛みがすうっと引いた。

キャメロンは湿布が生ぬるくなるたびに、バスルームの水でぬらしてきた新しいタオルと取り替えてくれる。そうやって何度湿布を取り替えただろう。リオーナが座ったままうとうとしかかっているのに気づくと、彼はそっと寝かせてふとんをかけてくれた。

だが、リオーナはあまりに疲れていて、感謝の言葉を口にする元気すらなかった。リオーナはかすかにほほ笑んだ。キャメロンはベッドの脇の椅子に腰かけたまま、リオーナが眠るまでそっと見守っていた。

恐ろしい夢を見てリオーナは突然悲鳴をあげた。さっきと同じ光景だ。汗まみれのあの男が、酒くさい息を吐きながら彼女を地面に押しつけようとする。悲鳴をあげて助けを呼んでも、誰も来てくれない。両手を振り回して助けを求めたとき、声が聞こえた。

「リオーナ、目を覚まして！ ほら、僕だよ。平気だって。夢なんだから」

キャメロンに両手で顔を包まれて目を開けたリオーナは、ようやく叫びやんだ。そして、彼の腕に身をうずめて泣いた。

「よしよし。君は夢を見ていただけなんだよ、ほら、もう一度おやすみ」彼は子供をあやすように、リオーナの髪をなでた。

リオーナはキャメロンのぬくもりに包まれて、再び深い眠りに落ちていった。

次に目が覚めたのは明け方だった。薄地のカーテン越しにほんのりと夜明けの光が差し込む中で、リオーナは腕をキャメロンの裸の胸の上にのせ、頭を彼の肩にもたせかけて眠っていた。なぜかそれがごく自然な姿勢のように思える。しかし、意識がはっきりしてくると良識が頭をもたげた。リオーナは彼から体を離した。

キャメロンが眠ったまま、当然のことのようにリオーナの腰を抱いて引き寄せる。リオーナは息をのんだ。シャツ越しに伝わってくる彼のぬくもりの心地よさに、思わず甘いため息がもれる。彼がそれに応《こた》えるように小さくうめいて、寝返りを打った。

「キャメロン」ささやいた瞬間、唇をふさがれた。

彼が覆いかぶさってきても、リオーナはもう暴漢のことなど思い出しもしなかった。荒々しさはかけらも感じられない口づけ。あくまでも優しい愛撫《あいぶ》の手。昨夜とはまるで別世界だ。

最初は穏やかだったキャメロンの唇の動きがしだいに激しくなってくる。熱いものが体中を駆け巡り始めるのを感じて、リオーナは唇を開いた。彼が満足そうな声をもらしてその唇をむさぼる。

リオーナは夢中で応えていた。唇を離したキャメロンが、あえぎながら彼女の名前をささやいている。これは夢ではない。でも、かまわない。リオーナは横向きになった彼にじっと見つめられて、その目をまっすぐに見返した。

キャメロンは片手で彼女の頰を包み、かすかに眉根を寄せて言った。「君を愛してしまったかな、リオーナ・マクラウド」

リオーナは考えた。彼は困っているのだろうか。でも、そんなことはどうでもいい。非常識だと言われようが、どうかしていると言われようが、わたしも彼を愛してしまった。だからこうして待っているのだ。

首から肩にかけてのカーブをなぞっていたキャメロンの手が、少しためらってから、ゆっくりとシャツのボタンにかかった。リオーナの体には触れないように、いやならいつでも拒否できるように、彼はゆっくりとボタンを外していく——無理強いする意思のないことをはっきりと伝えながら。

シャツの前がはだけた。リオーナはかすかに身を震わせた。男物のシャツの間からふっくらと突き出た胸に注がれている彼の視線には、欲望が見え隠れしている。キャメロンは彼女のシャツを大きくずらして、ほとんど裸の上半身にじっと見入った。その目がだんだんうつろになってくる。リオーナは怖くなった。彼の欲望の波がうねるように押し寄せてくるのがわかる。

もどかしいほどゆっくりと、信じられないほど軽く、彼の指がウエストの線をなぞり、また胸から肩へとのぼってくる。リオーナの体に戦慄《せんりつ》が走った。指先が次はどこに向かうのかと思っただけで、胸がときめく。怖いような気もする。その手が胸を避けて腕から太ももへとさがると、一瞬、拍子ぬけしたような気がした。キャメロンが顔を近づけたとき、やっと彼の意図がわかった。

リオーナは思わず声をあげた。彼が胸に唇を寄せ、舌先で小さな円を描き始めたのだ。彼女は気が遠くなりそうだった。

そんなリオーナの反応に刺激されたのだろうか。キャメロンはリオーナを押し倒してシャツを脱がせ、せきを切ったように体中に唇を押しつけた。欲望にとらわれたリオーナの甘い声を聞くと、彼はもう激情を抑えきれなくなった。

キャメロンは顔をあげて、口を軽く開け、大きな目でじっと自分を見あげているリオーナを見た。髪が汗でぬれている。少女が、あっという間におとなの女に変身した。だが、キャメロンはためらった。そんなことをして傷つきはしないだろうか？　彼女は十五歳も年下だ。住む世界も違う。「リオーナ」キャメロンは彼女の髪を指ですいた。「言ってくれる？　僕がほしいって」

「えっ？」

「でなければ、やめろって言ってくれ」彼は声を荒らげた。「さあ、早く！」

「わたし……」リオーナは混乱した。キャメロンがなぜいら立っているのか、リオーナにはよくわからなかった。

「なんてことだ！」彼はリオーナをベッドに押しつけて唇を重ねた。

痛いほどのキスにリオーナは抵抗しようと声をあげた。だが、キャメロンが離れようとすると、自分のほうからしがみついて、体でその意思を伝えた。満足げなうめき声とともに彼の口が頰をかすめ、耳たぶを軽くかみ、柔らかい喉に唇を押しあてて、またゆっくりとリオーナを刺激しにかかる。

喉の脈に舌先を感じて、リオーナは無意識に彼を誘うように身をくねらせた。キャメロンの体の緊張がわかる。怖い気もする。だが、もう遅かった。彼は胸の谷間に唇を押しあてたまま、リオーナの下着に手をかけた。巧みにキスをしながら、脱がせていく。おなかまでおりてきていた唇が胸に戻ると、リオーナはまた声をあげた。

不意に体が離れた。目を開けてみるとキャメロンが裸でベッドの脇に立って彼女を見おろしている。たくましい、きれいな体だ。彼が横になると、リオーナはその日焼けした胸に手をあてた。胸毛が汗でしっとりぬれている。そのまま手を下へすべらせていったが、おなかのところで止まってしまった。彼は笑ってその手を取ってキスした。

「今度は君の番だ」キャメロンはリオーナをそっと仰向けにして、熱い唇を押しつけた。

リオーナには初めての経験だった。キャメロンはまるで処女を扱うように、リオーナを抱いた。何度も何度もリオーナの名前をささやき、恐怖感がなくなるまで愛撫して、彼女が身も心も自分にゆだねるのを待った。

でも、わたしはバージンじゃない。キャメロンの顔がぼやけて、若い、やせた顔が目の前に浮かんだ。

ファーガス……。その瞬間、二人の体は重なった。リオーナはつらい記憶を追い出そうと目を閉じた。

「ごめん。痛かった？　気をつけたつもりだったんだけど……」

「ううん。違うの」首を横に振ったとたん、また唇がふさがれた。彼女もそれに応えた。過去のことはみんな忘れさせて……。リオーナはキャメロンの背中に腕を回した。もう一度二人は一つになった。

リオーナは喜びに身をのけぞらせた。愛の律動に身をゆだねながら、二人はのぼりつめていった。

まるでキャメロンの中でおぼれているみたい。そう思った瞬間、リオーナの頭の中は真っ白になった。解き放たれ、体がすっと軽くなって、夢の世界に浮かんでいるような感じがした。

それからの三週間、リオーナはずっと夢の世界を漂っていた。キャメロンは繰り返し愛の言葉を口にし、リオーナはそれを信じた。彼に言われるままに、インバネスでの仕事もやめた。お金の心配などしなくていい。一緒にアメリカに来てくれ。そう言われて、その気にもなっていた。そして、一日に何度も愛し合った。彼女はキャメロンがいなくなったら、悲しみのあまり死んでしまうに違いないと思うほどだった。

ところが、彼はある日突然姿を消した。不動産専門の弁護士に会いにグラスゴーに行くと言って出ていったまま、帰ってこなかったのだ。リオーナは待っていた。事故にでもあったのではないかと心配もした。地主がアメリカに帰ったという噂を村の雑貨屋で耳にしたのは、それから数日後のことだった。手紙が来るかもしれない。リオーナはそれからも待ち続けた。だが、二週間後、やっとのことで事実を事実として受け入れた。

彼は帰ってしまった。もう戻ってはこないのだ。

5

リオーナは我に返って、腕の中で眠っているローリーに目を落とした。そして、ベビーベッドに寝かせてからも、しばらくその寝顔に見入っていた。ほんとうにきれいな顔をした赤ん坊だ。

　妊娠しているとわかったのは、キャメロンが去ってから二カ月もたってからだった。悲しくて、みじめで、すっかりやせてしまったうえ、その悲しさをまぎらすために朝から晩までがむしゃらに働いていたせいで、体の変調にも気づかなかったのだ。

　ある日、訪ねてきたドクターが彼女の様子がおかしいと気づいて診察をしてくれた。いや、リオーナ自身も心の奥底ではわかっていたのかもしれない。

「妊娠しているね。もうすぐ三カ月だ」そうドクターに言われても、さして驚かなかった。

　かといってうれしくもなかった。誰を責めることもできないことはわかっていた。

「キャメロンの子だね」

　リオーナはびっくりした。キャメロンとの関係を宣伝したわけでもないのに。彼がここにいる間だって、家からほとんど出ないで抱き合ってばかりいたし、二日ほどエジンバラに行ったときも、ホテルにこもりっきりだった。ただ、インバゲール・ホールに泊まることだけは拒否した。そこではあくまでもキャメロンは地主でリオーナは借地人だからだ。二人の関係がゴシップの種になることも避けたかった。

「どうしてそんなことがわかるの、ドクター？」ただの憶測だと思いたかった。が、そうではなかった。

「君がねんざしたあと、しばらくしてから様子を見に来てみたんだ。そうしたら家はもぬけの殻で、ジヨーがヒースの丘に案内してくれた。君とキャメロンの笑い声を聞いて、すぐに退散したがね」

リオーナは赤くなった。笑っていただけではないことを、ドクターは知っているのだ。

「心配はいらない。誰にも言っていないから。君たち二人のことは、噂《うわさ》にもなっていないよ。それより、戻ってくるのかね、彼は？」

リオーナは首を横に振った。ニットウエアの共同生産体制を作るために、エジンバラから助太刀の女性が来るという話は小耳にはさんでいるが、彼が戻ってくるかどうかはわからない。わかっているのは、もし村に戻ってきたとしても、自分のところには戻ってこないということだけだ。

「そうか。まあ、ともかく、手紙で知らせておいたほうがいいな」

リオーナはまたかぶりを振った。「知らせたくないの、ドクター。これはわたしだけの問題だから」

「何を言うんだ！　子供は一人ではできない。彼にも責任はあるんだ。わしの目に狂いがなかったら、キャメロンは飛んできて君と結婚するはずだ」

リオーナは目を閉じた。ドクターはいい人だが、これでは話にならない。子供ができたからといって結婚するような時代ではないし、だいいち、そんな安易な方法でことを解決するのもいやだ。

君はまだ母親になるには若すぎる、もうしばらくは二人っきりでいたい。そんな遠回しな言い方ではあったけれど、キャメロンは最初から、父親にはなりたくないとほのめかしていた。そのときは自分のことを心配してくれているのだと思ったが、あれは束縛されたくないという意思表示だったのだ。自由奔放に見えても、彼は細心の注意を払っていた。あの翌朝ドクター・マクナブのところにねんざ治療に連れていったのも、〝事後服用〟できるピルをもらうのが目的だったのかもしれない。

しかし、いざドクター・マクナブを前にすると、そんな恥ずかしい話はできなかったのだろう。リオーナのほうもそんなことはおくびにも出さず、自分を実の姪《めい》のようにかわいがってくれているドクターに、足首を固定し包帯を巻いてもらって帰ってきた。キャメロンの前では妊娠など考えられないような顔をしていた。だから妊娠に気づいたときも、自分の問題だと思ったのだった。

　ドクターには、会うたびにキャメロンに知らせるよう言われたが、リオーナの気持は変わらなかった。〝子供はちゃんと計画して、ほしいときに作らないと人生が狂ってしまう〟そう言って避妊には特に気をつけていたキャメロンに、ほしくもない子供の話などできなかった。

　キャメロンが村に戻ってきた今でも、リオーナはそう思っている。赤ん坊は自分以外の誰のものでもない。顔は彼に瓜《うり》二つだが、村の人たちには見せたことがないから、噂話の種にもなっていないはずだ。ドクター・マクナブとミセス・ネスは口が固いから大丈夫だ。家から出しさえしなければ、ローリーがキャメロンの目に触れることもないだろう。キャメロンが訪ねてくることは、まず考えられない。

　だが、彼はやって来た。翌日の夜、十時少し前のことだった。

　リオーナは玄関のドアに鍵《かぎ》がかかっていることをたしかめた。気配を感じたのだろうか。表で声がした。「開けてくれ、リオーナ！」

　開けられない。この家には入ってきてほしくない。またいろいろなことを思い出してしまうから。

「開けないとドアを叩《たた》きこわすぞ！」

　怒ってはいるが、そこまで激している声ではない。リオーナは黙っていた。

「開けろ、リオーナ」彼は三十秒ほど待った。

そしてなんの反応もないとみると、ドアを思いっきり蹴《け》った。二度目で、ドアの枠が割れた。

「わかったわ」もう一度蹴られたら、ドアが外れてしまう。「開けるから、ちょっと待ってて」

キャメロンはドアを蹴るのをやめた。リオーナは屋根裏に駆けあがった。

相当大きな音だったが、ローリーは眠っている。リオーナはドアを閉めて、大急ぎで居間に戻った。暖炉の上に置いてあるローリーの写真は、さっと引き出しに隠した。

「リオーナ？」キャメロンはいらいらしている。

リオーナがドアを開けると、彼はあいさつもなしに飛び込んできた。

「子供はどこ？」彼は狭い階段を見あげた。

「えっ？　誰のこと？」

「赤ん坊だよ」

リオーナは階段をのぼろうとするキャメロンの腕に必死でしがみついた。彼は無理にその手をふりほどこうとはせずに、逆にリオーナの両腕をつかんだ。怒りに目が燃えている。

「僕の子だろう？　赤ん坊は僕の……」

「いいえ、違うわ。言ったでしょう、前に……」

「嘘《うそ》だ！　ドクター・マクナブから聞いた」

「ドクターから？」まさか。ドクターが約束を破るはずがない。「嘘をついているのはあなたのほうじゃない。ドクターは何も言わないはずよ」

「はっきりとはね。でも、ファーガス・ロスが養育費を出しているのかどうかきいたら、びっくりしていた。彼に責任があるとは夢にも思っていないみたいだったよ。ということは、僕しかいない」

「ほかにも誰かいるかもしれないじゃない」言わなければよかったと思ったときはあとの祭りだった。

「ああ、五人も六人もいるんだろう。君のことだからね」

「なんてことを……」

キャメロンはリオーナを壁に押しつけた。「もうやめよう。君がバージンだったかどうかなんて、水かけ論だよ。とにかく、君みたいにすごい女は初めてだった。一日中抱いていたいくらい、僕を欲望でいっぱいにしたんだから」

あなただってそうだったわ。リオーナは頬がかっと熱くなるのを感じた。あのころはお互いに夢中だった。それなのに、どこでどう狂ってしまったの？

リオーナは苦痛と困惑の入りまじった目でキャメロンを見あげた。どうして突然帰ってしまったの？　やっぱりあれは遊びだったの？　わたしが本気だったから、怖くなって逃げたの？

「いいから、どいてくれ。こっちだって、二度もだまされるほど間ぬけじゃない。僕が見たいのは赤ん坊だけなんだ。父親が僕かどうかきいたら、ドクターはなんて言ったと思う？」

「何も言わないわ、ドクターは」

「ああ、何も言わなかった――ひと言もね。それが怪しいって言ってるんだ」

どういう意味なの？　リオーナは眉根を寄せた。

「ドクターはまだ君の芝居にだまされているのかもしれない。いずれにせよ、彼は君をかばって嘘をつくような人間じゃない。だけど、彼は僕が父親だと思っている」

「わたしがドクターに嘘をついてたら？」

「そうだな」彼は軽蔑《けいべつ》のこもった薄笑いを浮かべた。「君ならやりかねない」

「それはこっちのせりふよ」

「へえ？　僕がいつ嘘をついた？」

リオーナは信じられない思いでキャメロンを見た。あなた、わたしを愛しているって言って、その舌の根も乾かないうちに姿を消してしまったことを忘れたの？

「何しに来たの？　自分の子であってほしくないんなら、わたしの言葉を信用してさっさと帰れば？」

「ああ、僕の子であってほしくないね。僕の分身が君の分身でもあるなんてごめんだ。でも、ほんとうに僕の子なら、君に育てさせておくわけにはいかない」彼はさげすむようにリオーナを見てから、貧しげな部屋を見回した。「どこなんだ？」

リオーナはまた二階にあがろうとするキャメロンの袖《そで》にしがみついた。「やめて。眠っているの！」

「君の言うことは信用できない」彼はリオーナの手を振りほどいて、階段を三段ほどあがった。

もう止めても無駄だ。リオーナはあとを追った。

リオーナの寝室に入ると、彼は一直線にベビーベッドのほうに向かった。豆電球しかついていない部屋は薄暗い。ローリーが起きていませんように。リオーナは祈るような気持で部屋の入口に立っていた。眠っていたら、頭の後ろしか見えないはずだ。

だが、彼女の祈りもむなしく、ローリーがぐずり始めた。

髪も目も口も、ひと目でわかるほど父親そっくりのローリーを、キャメロンが抱きあげた。そして、一瞬じっと見つめてから、リオーナのところに連れてきた。

キャメロンは憎悪に満ちたまなざしでリオーナをにらみつけて、赤ん坊を返すなり階段をおりていった。非難の言葉もなく、ばたんとドアが閉まった。

これで用はすんだのだろう。彼は赤ん坊を見て、自分の子ではないと判断したのだ。

何が起こっているのかわかるはずもないのだが、ローリーが泣き出した。リオーナは息子を抱きしめた。「よしよし、大丈夫よ。あなたにはママがいるんだから」涙がとめどもなく頬を伝った。

それまでは、心の片隅にまだ希望が残っていた。彼が戻ってきて、子供ができていたことで愛が深まる。そんな場面を思い描いた夜が幾度あったことだろう。小説ではよくある話だ。

しかし、現実の彼は牧場を売るために戻ってきたらしい。そして、赤ん坊の話を聞いて、義務感から自分の子かどうかをたしかめに来た。自分には似ていない。なんのつながりもない。そう思った彼は、ほっとして、振り返りもしないで出ていったのだ。

だが、二日ほどして会ったとき、リオーナは自分が間違っていたことを思い知らされた。日曜日のことだった。妊娠して以来、教会でオルガンを弾くのはやめていたが、昼食には今までどおりドクターの家に出かけている。暖かい日だったので、村までの五キロの道のりをベビーカーを押して歩いた。

ドクターは中から見ていたようだ。ノックもしないのに、ドアが開いた。「ローリーは眠っているの。しばらく表に置いておくわ」

「うん。新鮮な空気は体にいい」ドクターはリオーナを招き入れた。「今日はお客さんがいるんだ」

「お客さん？」居間の入口に人影が現れるまで、リオーナにはその意味がのみ込めなかった。

二人の目が合った。彼は驚いている様子もない。あとずさりするリオーナを、ドクターが制した。

「気持はわかるけどね。そうやって逃げてばかりいたんじゃ始まらないだろう。プライドもあるだろうが、赤ん坊のことも考えてやらないと。キャメロンが援助を考えているんなら……」

「どうして彼に援助なんか」リオーナの目はキャメロンのほうを向いていた。彼は素知らぬ顔をしている。「もう話したのよ。彼の子じゃないって」

「困った子だ。いつまでそんな意地を張ってる？　いいかげんに……」

「僕の子だ」キャメロンがドクターの言葉をさえぎった。「君にもわかっているはずだ。ＤＮＡ鑑定をすればはっきりする。だから、くだらない言い争いはやめよう」

ドクターが穏やかに言った。「彼の言うとおりだよ、リオーナ。父親が誰かは、今じゃもう簡単にわかるんだから」

「鑑定しなくても、僕の子に間違いない」冷たい声だった。

こんな人を愛していたなんて、信じられない。こんなに冷酷な人だということが、見ぬけなかったなんて。リオーナはまじまじと彼の顔を見た。

ドクターが言った。「とりあえず、ダイニングルームに座ろうじゃないか。昼食を食べながら、なんとか話し合って……」

リオーナは首を横に振った。こんな人と昼食など食べたくない。話し合うこともない。

「あなたになんか、何もしてほしくないわ」

「君のために何かをするつもりなんてない。僕は赤ん坊のことを心配しているだけだ」

「赤ちゃんとわたしとは関係がないっていうの？」

「そんなことは言っていない。毎日の世話は君に任せておいて大丈夫だ思っている。でも君は赤ん坊の将来を考えたことがあるのか？」

「あたり前でしょう」

「それで？」

返す言葉もなかった。彼が何を言おうとしているのかはわかっている。

「間違っていたら、訂正してくれ。君にはお金はない。将来、入ってくるあてもない。つまり、君は僕の息子を、自分の稼ぎ出すわずかな労賃と、福祉援助だけで育てていこうとしている」

「キャメロン、何もそこまで……」縮みあがるリオーナを見て、ドクターが口をはさんだ。

だが、キャメロンはドクターを完全に無視している。「そうだろう？」

「わたし……わたし……」反撃しようにも、こちらにはその武器もない。「計画はあるわ。エジンバラに引っ越すかもしれないの」

「で、何をする？　安アパートに住んで、ローリーを託児所に預けるのか？　どこで働くんだ？」

「それは……」幾度となく自分に問いかけてきたことだ。自分にできることに限りがあるのは十分わかっている。「そんなこと、あなたにとやかく言われる筋合いはないわ」

「ある！　君は勝手に僕の子を産んだんだからね」

「わたしを〝勝手に〟妊娠させたのは、あなたの失敗じゃないの？」

「リオーナ」ドクターが仲裁に入った。「キャメロンはそういう意味で言ったんじゃないと思うな」

「そうかしら？」リオーナはキャメロンをにらんだ。

　キャメロンがにらみ返した。「僕になぜ黙っていたかの言い訳ならやめろ。僕にも最低限、知る権利がある」

「じゃ、どうしてほしかったの？　切迫した事態を葉書一枚で知らせろっていうの？　住所も教えてくれないで、不意に帰ってしまったくせに」

　整った顔立ちが憤りでゆがんだ。「帰ったのは誰のせいだと思っているんだ？」

「なんてことを……」責任転嫁しようとするなんて、ずるい。

「住所なんて知らなくても連絡はできただろう？　インバゲール・ホール宛《あて》に出せば、転送してもらえたはずだ」

　信じられない。彼はわたしを悪役に仕立てあげようとしているのだ。「じゃ、なんて書けばよかったの？　〝親愛なるキャメロン、スコットランドでわたしと遊んだこと、覚えていますか？　子供ができていたことだけ、お知らせしておきます。お元気で。リオーナ〟こんな手紙をもらったら、それで気がすんでいたの、地主様？」

「はぐらかさないでくれ。子供の父親として、僕には知る権利もあれば責任もあると言ってるだけだ」

　権利？　ただの脅しだろうか？　リオーナは眉をひそめてドクターに目で問いかけた。しかし、彼も法律的なことはわからないようだ。

「あなたにはなんの権利もないわ」

「養育権を求める訴訟を起こせば、僕が勝つかもしれない。負けても訪問権だけは与えられる。だけど、ローリーのためにも、裁判ざたにはしたくない。君もそうだろう？」

　裁判以上に怖いことが起こりそうな予感がする。リオーナは返事もできなかった。

「まあ、まあ、二人とも落ち着いて。弁護士に頼らなくても解決の方法はあるだろう。裁判なんかしたって、弁護士の懐を肥やすだけだ」

「そのとおりですよ」キャメロンはドクターが自分の味方をしてくれたと思っている。

「それなら、こうしたらどうだね……」

　リオーナがドクターの言葉をさえぎった。「あなた、いったいどうしてほしいの？」

「してほしいことはいくつかある。まず最初に、赤ん坊には僕の姓を名乗らせたい」

「あなたの姓？」

「そうだ」

「アダムズの姓で届けを出し直せっていうの？」

「そういう意味じゃない。子供を嫡出子にしたいと言っているんだ」

「嫡出子？」

　ドクターがうれしそうな笑みを浮かべた。「わしもリオーナに言っていたんだよ、キャメロン。君はちゃんと考えてくれるって。まったく、もっと早く知らせていたらよかったんだ。まあ、終わりよければすべてよしだがね」

「なんですって？」

「彼は君と結婚したいと言ってるんだよ」

まさか。リオーナはキャメロンの顔を見た。

「君と結婚する覚悟ができているのはたしかだ。スコットランドの法律では、子供のほうが先に生まれていても、結婚すれば自動的に嫡出子になる」

「そう、そう」ドクターはしきりにうなずいている。

リオーナはあっけにとられてキャメロンを見つめた。わたしが結婚に応じると本気で考えているのかしら。そうすればわたしがありがたがると思っているのかしら。なんという傲慢《ごうまん》さだろう。

「どうする？」キャメロンは返事を求めた。

「結婚なんてしません。土下座して頼まれても、する気はないわ」

「リオーナ！」ドクターが絶望的な声をあげた。

キャメロンのほうは平然としている。「僕は息子を嫡出子にするために便宜上結婚しようと言っているだけだ。ベッドをともにしてくれなんて言ってない」

「やれやれ、二人とも、困ったもんだ。お互い、好きだったから子供ができたんだろう。話し合えば、何が原因で……」

「ドクター！」リオーナがさえぎった。遊んで、飽きて、わたしを捨てた男とよりを戻すことなど考えられない。

「じゃ、こうしよう。まずスコットランドで結婚特別許可証をもらって、二人でアメリカに帰る。君は普通に結婚したように見せるために、しばらく——まあ、半年くらいかな——滞在して、性格の不一致を理由にこっちに戻ってくればいい。ローリーが一人でアメリカに来られるようになるまでの間は、僕のほうから定期的に会いに行くようにするよ」

「わたしがそんな話に乗ると思っているの？」

「乗ってくれたら、一生インバゲール・ホールに住んでいい。牧場経営に必要な費用も、ローリーと君の生活費も僕が出す。そうすれば、彼にも財産のありがたみがわかるだろうし」

「財産？」リオーナは混乱していた。

「インバゲールを売るのはやめて、ローリーの二十五歳の誕生日に譲渡することにした」

「インバゲール・ホールを？」

「それに、牧場も全部」

リオーナは茫然《ぼうぜん》となった。この人は、一度見ただけの赤ん坊のために、六百万ポンドの価値と噂されている遺産を渡す話をしているのだ。いったい、どういう人なのだろう？

「インバゲールをローリーにくれるの？」

彼はうなずいた。「不適任でさえなかったら」

「不適任？」何か落とし穴でもあるのだろうか。

「麻薬、アルコール、その他の理由でまともに働けなくなることさ。財産をまき散らすだけの人間には譲りたくない」

リオーナにもそれはわかる。でも、ドクターの家の玄関で、キャメロンと二十五年後の話をしているなんて夢のようだ。インバゲール・ホールの女主人になった自分の姿など、想像もできない。

「ほかにも条件はある」彼は事務的に続けた。

「たとえば？」いやな予感がする。

「ローリーが十八歳になる前に君が再婚したり、誰かと同居する場合は、インバゲールは渡さない。ローリーも僕が引き取る。もちろん、君には訪問権はある」

「そんな！」再婚どころか、初婚の意思もないが、リオーナは怒って言った。「どうしてそんなにわたしをいじめるの、キャメロン？　わたしがいったい何をしたっていうの？」

一瞬、彼の顔に苦痛に似たものが浮かんで消えた。

「君のことなんて考えちゃいない。僕はただ、あとからできる親父やどこかの〝おじさん〟のせいでローリーに苦労をさせたくないだけだ」

ドクターがまた口をはさんだ。「なあ、キャメロン。まともな結婚はしない、一生独身で寂しく暮らせ。それじゃ、リオーナがかわいそうじゃないか」

「僕は自分の息子が将来地主として生きていけるよう、下地作りをしているだけです。男が必要なら、彼女は週末にエジンバラにでも行って、き……きたらいいんですよ」

二人でエジンバラに行ったときのことを思い出して、リオーナは血の気が引いていくのを感じた。彼にとって、あれは〝きたない〟週末だったのだろうか？

「いいかい、キャメロン。わしは赤ん坊のころからリオーナのことはよく知っている。君とは一緒に出かけたかもしれんが、この子は誰とでもベッドをともにするような子じゃない」

「僕もそう思っていたんですけどね。もう本性は見えました。あなたもだまされないほうがいいですよ。ファーガス・ロスとのことをきいてごらんになったらどうですか？」

「いや、いや。二人はただの幼なじみだ。誰かに何か話を聞いたんなら……」

「聞きましたよ。休暇で帰ってきた彼がクロフトに入りびたっていたって、イザベル・フレイザーが言っていました」キャメロンはリオーナを見て鼻で笑った。「でも僕は信じなかった。僕と会ったとき、君はたしかまだバージンだったんだよね」

「そんなこと言ってないわ」

彼は苦々しげに笑った。「言ってない。勝手にそう思い込んでいた僕がばかだった」

ドクター・マクナブは二人の顔を見比べている。まだ、二人の別れの原因は誤解だと思っている様子だ。「二人とも落ち着きなさい。誰が何を言ったか知らないが、イザベル・フレイザーの言葉だけは真に受けないほうがいいな。彼女は君に目をつけていた。いつも君を追いかけ回していたじゃないか」

「かもしれませんね」キャメロンはリオーナをにらんだまま言った。「でも、あの話は嘘じゃない。彼女は僕たちのことは知らなかったんだから。君が一人でクロフトの修理もできないから、僕が働き手を連れて手伝いに行った話をしたら、もうすぐファーガス・ロスが帰ってくるのにって不思議がっていたよ。信じられなかった。君には僕一人しかいないと思っていたのに。おまけに、ファーガスが帰ってきても、君は僕を選ぶと思っていたんだから、おめでたいにもほどがあるよね」

「決まっているじゃない。わたしは……」

「ファーガスを選んだ。あたり前だ。彼とは四年も前からそういう仲だったんだから。嘘だとは言わせない。その話は本人から聞いた」

「ファーガスがそう言ったのか」ドクターが言った。

キャメロンはドクターにうなずいてから続けた。

「インバゲールでいちばんきれいな女の子が待ってくれてるって鼻高々だったよ。途中で僕に会ったって言ってただろう?」

そうだったのか。これで謎《なぞ》が解けた。リオーナはキャメロンをじっと見つめていた。

キャメロンと親しくなったころ、ファーガスは艦隊勤務で村にはいなかった。思いがけなくファーガスが訪ねてきた週末、たまたまキャメロンがグラスゴーに出かけていてほっとしたのを覚えている。夜遅く、ヒッチハイクでリオーナの家まで来たファーガスは、アメリカ人旅行者の車に乗せてもらってきたと言っていた。それがキャメロンだと、あのときなぜ気がつかなかったのだろう?

「グラスゴーに泊まるつもりだったけど、やっぱり帰ることにした。途中で、ガールフレンドが待っているから一刻も早く帰りたいというヒッチハイカーを拾った。そして、彼のガールフレンドの住んでいる丘のふもとでおろした。二時間待っても、三時間待っても、彼は戻ってこなかった。明け方、君の家の前を車で通ったら、彼が歩いていた。僕はそのまま通り過ぎた」まるで遠い昔の出来事のような口ぶりだ。

そうだったのね。リオーナはあのときのことをきのうのことのように思い出した。ファーガスが初対面の人に個人的なことを自慢げに話す様子が目に浮かぶ。キャメロンは、その彼が追い返されてくるのを、丘のふもとの車の中で何時間も待っていた。つまりリオーナは自分で自分の首を絞めていたのだ。

「彼は赤ん坊が僕の子だとわかって、逃げ出したのか？」

「そんな……」

「ファーガスは幸せだね。君が浮気するなんて考えもしないんだろうな」

リオーナは激しくかぶりを振った。なんとかわかってもらえないだろうか。ファーガスのことを黙っていた自分が悪いのはわかっているが、彼が想像しているようなことはなかったのだ。

「もうやめなさい！」ドクターが怒り出した。「君にはこの子がどんなに苦しんでいるかわからないのか？」

キャメロンはリオーナのほうを向いた。が、彼女の涙を見ても顔色一つ変えない。

「帰ってくれ」キャメロンにそう言ってから、ドクターはリオーナを抱いた。「よし、よし。心配はいらないよ。みんな嘘だ……」

リオーナはわっと泣き出した。キャメロンが二人を押しのけるようにして出ていく。ドアがものすごい音をたてて閉まった。

ローリーが泣いている。悲しんでいる場合ではない。リオーナはあわててドクターの腕からすりぬけて、表に飛び出した。

　キャメロンはローリーを高く抱きあげていた。ローリーは泣きやんで、丸い目でキャメロンを見おろしている。リオーナは背筋がぞくりとするのを感じた。

　キャメロンはローリーを肩に寄りかからせた。

「赤ん坊を僕が取りあげると思った?」

　リオーナは黙っていた。

「ほら」キャメロンは赤ん坊をリオーナの腕の中に返した。「誘拐しようなんて思っちゃいない。さっきの話、考えておいて」

「返事はもう決まっているわ」ローリーを抱くと、自分が強くなるのがわかる。「結婚はしません」

「そうか。じゃ、法廷で会おう」

「法廷で?」

「僕の息子をそう簡単には渡せない。いい弁護士を見つけておくんだな」

「弁護士? 知り合いに弁護士なんていないわ。それに、そんなお金も……」

「それは君の問題だ」彼はすたすたと歩き去った。

　ドクターが出てきて、リオーナを招き入れた。そして、居間の肘かけ椅子に座らせた。

「昼食は食べられるかね?」リオーナが首を横に振るのは、彼にもわかっていた。ローリーがぐずり始めている。「それじゃ、紅茶でもいれてこよう。その間にお乳を飲ませるといい」

　ドクターが出ていくと、リオーナはブラウスのボタンを外してローリーに乳を飲ませた。いつもならこうしていると心が安らぐのだが、キャメロンとの口論のせいでまだ震えが止まらない。

　ドクターが紅茶のトレーを持って入ってきたときには、授乳は終わっていた。カーペットの上におろされたローリーは、うれしそうに遊び始めた。もうすぐ寝返りが打てるようになりそうだ。リオーナのほうもだいぶ落ち着きを取り戻していた。

「悪かったね、リオーナ、よけいなお節介をして。会って話をすれば、わかるかと思ったんだが……」

「あのとおり、彼はわたしが嫌いなのよ」

「いや、あれはやきもちだよ。君がファーガスとふたまたかけていたと思い込んでいる」

「実際にそうなの、ドクター」

「なんだって？」

「わたし、ファーガスともつき合っていたの」

「つき合っていたのは知ってるよ。君のお祖父《じい》さんが病気のとき、いろいろ手伝ってくれたのもね。だからといって彼とベッドをともにしていたことにはならない。ファーガスにそんな気持を抱いたことはないんだろう？」

「ええ、本気でファーガスを愛したことなんかないわ」リオーナは静かな声で話した。「だからよけい悪いの。わたし、彼とベッドに入ったの」

「なんだって？　じゃ、キャメロンの言ってたことはほんとうなのか？　二人を相手にしていたのか？」

　キャメロンの言葉を思い出して、リオーナは怒りと苦痛に顔をゆがめた。「でも、ファーガスとは一度だけよ――祖父のお葬式の一週間ほどあと。彼がすごく優しくしてくれて……わたし、寂しかったの。きっと、一人ぼっちが怖くて、彼を愛しているって思いたかったのね」

「そうだね。人間、そういうこともある。誰だって、そういうときは身近な誰かに頼りたくなるものさ」

「ええ。それに、あんなに手伝ってもらって、申し訳ない気持もあったの。最初は友達のつもりだったんだけど、彼に愛しているって言われて。今考えると、あれは嘘だったのよね。それなのに、愛されているって信じたくて、それで……」リオーナは恥ずかしさでいっぱいになった。

「そう自分を責めることはないよ」ドクターは優しくリオーナの手を握った。「ロディーが死んで、君は混乱していた。一人でどうやって生きていけばいいのかもわからなかったんだろう」

リオーナは首を横に振った。ファーガスを責めてはいけない。「お互いさまよ、ドクター。わたしはファーガスが勤務に戻ってほっとしたけど、彼のほうも同じだったみたい。彼もわたしも、結ばれる運命じゃないってわかっていたの。その証拠に、彼からは手紙も来なかった。あの日、彼が突然訪ねてきてびっくりしたのよ」

「キャメロンが車に乗せてやったとはね」

「ええ。でも、わたしはそんなこと知らなかった。ファーガスは旅行者の車に乗せてもらってきたって言ってたけど、まさかキャメロンだったなんて……。だから彼は怒ってアメリカに帰ってしまったのね」

「うん、そういえば、ひどく唐突だった。あれは君とファーガスとのことがわかったからだったのか」

「きっとそうね」いや、それは口実だったのかもしれない。ほんとうに愛していたのなら、説明するチャンスくらい与えてくれてもよかったではないか。

「だけど、あのときは話をしただけなのよ。それで、遅くなったから寝椅子《カウチ》で寝てもらったの。ドクター、信じて」

「わかってる、わかってる。だが、キャメロンの目には、イザベルの言葉どおりに見えたんだろう。どうしたら、真実をわかってもらえるかなあ。今からでも、ほんとうのことを話して……」

「いや！」リオーナはさえぎった。キャメロンとのことはもう終わったのだ。

「どうして？」ドクター・マクナブはまだハッピーエンドを期待しているようだ。

「彼にはこのほうがよかったのよ。最初からわたしを捨てるつもりだったんだから」

「いや、違うよ。彼は嫉妬《しっと》に狂っていただけだ。そして今もね。彼が君を捨てる理由なんかないじゃないか」

もういい。何を言っても過去が変わるわけではない。それより、これから先のことを考えなければ。ローリーは床に寝転がって、リオーナに向かって腕をのばしている。この子の将来のことを考えなくてはならない。リオーナはローリーを抱きあげた。

ドクターはそんな母子の様子をじっと見ている。

「どうするつもりだね、これから？」

「わからないわ、ドクター。彼と結婚したくはないけど、ローリーがもらえるものを考えたら……」

「うん。たしかにひと財産だ」ドクターはため息をついた。「だが、彼は君にとんでもない条件を突きつけている。〝ローリーが成人するまで結婚するな〟とね」

キャメロン以外に結婚したい相手が現れるとは思えないから、その点については問題はない。だが、期限つきとはいえ、ボストンに行けば彼の家族にいやがられるのは目に見えている。おまけにインバゲールに戻ってきたら、みんなから白い目で見られるだろう。キャメロンの愛があれば、なんとかやっていけるかもしれないが、そうではないので、とても耐えられない。

でも、拒否したらどうなるのだろう？　リオーナは途方に暮れた。法廷で争って勝てる見込みはあるの？　キャメロンはローリーにあれほどのことをしてやれるというのに、わたしには愛してやることしかできないのよ。何年かしたら、ローリーは自分には父親がいないことに気づくに違いない。せっかくの財産をわたしがふいにしてしまったことを知ったら、なんと言うだろう？　キャメロンそっくりの濃い青の目で、わたしをあざ笑うのだろうか？　リオーナは目を閉じて、ローリーをぎゅっと抱きしめた。

6

リオーナは飛行機の窓からじっと外を見つめていた。白い雲以外何も見えない。もうすぐ着陸だ。彼女は青ざめた。誰かが迎えに来てくれているのだろうか？　キャメロンの家族が来るのだろうか？　海を越えてやって来る子供と結婚相手のことを彼から聞いて、家族はどう思っただろう？

キャメロンからこのとんでもない話を持ちかけられたのは二週間前のことだった。あの日から三、四日は、弁護士からの手紙が入っていないかどうか、リオーナは毎日びくびくしながら郵便受けをのぞいていた。ちょうどそのころ、ローリーの具合が悪くなった。ただのウイルス性の風邪だったが、呼吸器系が弱い子だから、というドクター・マクナブの判断で、念のために村の病院に入院させることになった。

その時点で、リオーナにはもうローリーをクロフトに連れて帰れないことはわかっていた。去年クロフトの修繕がいっせいに行われたときから、壁の湿気だけはどうしようもないと言われている。冬になれば、結露で壁はひどい湿気を帯びる。ローリーが病気になってしまうのは目に見えている。

リオーナは病院の小さなベッドの脇《わき》に腰かけて、解決策を練った。が、出口は一つしかなかった。翌朝、リオーナはインバゲール・ホールを訪ねた。

睡眠不足に加えて頭の中が混乱していたが、気持だけはしっかりしていた。リオーナはミセス・マッケンジーを押しのけるようにして奥に進み、朝食の席についているキャメロンに言った。「わかったわ。そうしましょう」

「そうするって、何を？」キャメロンはきょとんとして読んでいた新聞を置いた。

「だから、結婚するのよ。この間の条件で……まだあなたの気が変わっていなかったらの話だけど」

「僕の気は……もちろん変わってなんかいないさ」

でも君は本気なの？　彼は席を立ってリオーナに探るような視線を投げかけてから、ドアの脇に控えているミセス・マッケンジーのほうを向いた。

玄関からずっとリオーナの後ろを追いかけてきていたミセス・マッケンジーは、二人のやり取りを聞いてぽかんと口を開けている。

「コーヒーをいれてもらえるかな、ミセス・マッケンジー？」

彼女は一瞬間を置いてからうなずいた。「あの……はい、かしこまりました」

「座らないか？　それとも、まだ爆弾宣言は残っているの？」

リオーナはむっとした。爆弾宣言などしたつもりはない。さっさと片づけてしまいたかっただけなのだ。ミセス・マッケンジーに見られてしまったのも予定外だった。これでもう、噂《うわさ》はインバゲールの村中に広まるだろうが、しかたがない。

「いいえ」キャメロンが椅子を引いてくれていたが、リオーナはそれを無視した。「ローリーがよくなりしだい、行きましょう。あの子、今病気なの」

「知ってる。ドクター・マクナブに聞いた。子供が病気になったから、結婚することにしたの？」

リオーナはうつむいた。「いけない？」

「べつに」彼は冷ややかに言った。「結婚特別許可証は二日ほどで出る。式はアーチボールド牧師に頼めばいいし、ドクター・マクナブも喜んで君の付き添い役をしてくれると思う」

「インバゲールで結婚するのはいや」

「ふうん？」彼は険しい顔になった。「理由は？」

「だって……恥ずかしいもの」

「そうか。みんなの前で僕と結婚するのがそんなに恥ずかしいのか」

「そんなこと言っていないわ」リオーナは彼がわざとそんな受け取り方をしているのだとわかっていた。だが、村の人たちに好奇の目で見られるのは、やはりつらい。「ローリーを実子として籍に入れるための結婚なんだから、ボストンでしてもいいでしょう?」

「そして僕だけが恥ずかしい目にあえばいい、か」

「えっ?」

「ボストンで式を挙げたら僕の家族が出席する」それがどういう意味かは君が考えてくれ――彼は無言でつけ加えた。

相手がわたしでは家族ががっかりする。彼はそう言っているのだ。リオーナはかっとなりかけて、気を取り直した。これから半年間も一緒に暮らさなければならないのだ。こんな皮肉くらい聞き流せるようにならなければ。

「君がどうしてもと言うのならしかたがない。いずれにせよ、インバゲールでもそういつまでも内緒にはしておけないと思うよ。ミセス・マッケンジーがいつまで黙っていられるかによるね」

彼女に黙ってなどいられるわけがない。アメリカから戻ってきたあとの詮索《せんさく》やゴシップには黙って耐えるしかないだろう。洗礼を受けた牧師様の前で偽りの愛を誓うよりましだ。

無言のリオーナにキャメロンは続けて言った。

「じゃ、ローリーが元気になりしだい、アメリカに出発ということにしよう」

「ええ」リオーナは不安を隠して短く答えた。こんな状況でさえなかったら、ボストン行きは大冒険だろう。しかし、今は息子の将来と引きかえに刑務所にでも向かうような心境だ。

二人が出発したのはそれから一週間後だった。ドクター・マクナブはローリーを診察してどこにも異常がないと太鼓判を押し、祝福の言葉とともにリオーナを送り出してくれた。いくつになってもロマンチストのドクターは、二人が和解に一歩近づいたものと勝手に納得し、ボストン行きは一時的な協定だと説明しても、心得顔でにこにこするばかりだった。

インバゲールからインバネスまで車で出て、ロンドンへ飛んでから、コンコルドでニューヨークに飛び、ローカル便に乗りかえてまた一時間。丸一日の旅の間、キャメロンとはほとんど言葉を交わしていない。飛行機の中でも、彼はまるで他人のような顔をしていた。リオーナは、飛行機を乗り継ぐときも、黙って彼のあとについていった。行き先や、何時に到着するかなどは、機内放送を聞いていればわかる。ときどき授乳のために洗面室に向かっても、キャメロンはどこに行くのかとも尋ねないし、リオーナのほうも何も説明しなかった。

飛行機はローガン国際空港の上空を旋回しながら、着陸準備をしている。リオーナは不安をつのらせていた。家族にローリーのことをどう説明したのかくらいは、キャメロンにきいておくのだった。子供がいると聞いて、家族はどんな反応を見せたのだろう？ よほど鈍感でない限り、キャメロンの態度を見ればおかしいと気づくのではないだろうか？ 母親のわたしはともかく、ローリーのことだけは歓迎してほしい。

旅の間中、幾度となくキャメロンの表情をうかがっていたのだが、いつ見ても彼は険しい顔をしていた。頭の中で結婚と離婚のタイミングについて思案しているらしいのが、リオーナには手に取るようにわかった。

息子のほうに目をやるときだけ、彼の表情がなごむことには気づいていた。ほしくもないのに生まれてきた子供でも、かわいいのだろう。彼は子供を見て、自分が父親だと断言した。そして、今もこうして誇らしげにわが子を見おろしている。どんな困難が待ち構えていようと、アメリカに連れて帰るつもりなのだ。

　リオーナはまた彼の家族のことを考えた。問題は山積みだ。キャメロンのアパートは三人で住むには狭いということで、これからの半年は彼の父と継母の家に滞在することになっている。両親の了解は得ているのだとは思うが、快く迎え入れてもらえるとは限らない。ローリーはチャールズ・アダムズにとっては孫だが、チャールズの妻バーバラと義理の娘メリッサとは血のつながりはないのだ。

　リオーナはため息をついた。飛行機はもう滑走路を走っている。いよいよ試練の始まりだ。これからの半年を無事切りぬけるためには、人の目など気にせずにねばり強く頑張らなければ。息子のためだと思えば、それくらいできるはずだ。

　飛行機をおりると、チャイルドシートに座らせたままのローリーを抱えたキャメロンの後ろから、リオーナはぴんと背筋をのばして到着ロビーに出た。出迎え客の顔をざっと見回してみる。誰も近づいてくる気配はない。歩いてターミナル・ビルを出るころには、もう日が暮れかけていた。空気がひんやり冷たい。

　タクシーをつかまえるものとばかり思っていたので、黒塗りのリムジンがすうっと目の前に横づけになるのを見てリオーナははっとした。制服を着た運転手は赤ん坊を見て一瞬顔色を変えたが、すぐに事務的な表情に戻って後部座席のドアを開け、手荷物を受け取った。

「おかえりなさいませ」

「ただいま、スティーブンズ」

運転手が最後の〝荷物〟に目をやった。「あの、そちらの……赤ちゃんのほうも、お預かりいたしましょうか？」

「いや、一緒に後ろに乗せるからいい」キャメロンが座席の端にチャイルドシートを固定した。

先に乗り込んだリオーナは、スティーブンズがどうしていいのかわからないままうろうろするのを見ていた。相当とまどっているところを見ると、赤ん坊が一緒だとは聞いていなかったようだ。

ローリーを座席に固定し終えると、キャメロンは戻ってきてリオーナの脇に座った。リオーナは反射的に体を少しずらした。柔らかい革張りシートは、もう一人座っても十分余裕があるほどゆったりしている。

空港を出ると、キャメロンが目の前のスイッチを押して運転手に指示を与えた。「スティーブンズ、先に僕のアパートのほうに行ってもらえるかな」

運転席と後部座席の間にはガラスの仕切りがあって、声は聞こえないようになっている。内線マイクを通じて「はい、かしこまりました」という声が返ってくると、キャメロンはスイッチを切った。

リオーナは動揺を隠せなかった。建設会社を経営しているというから、従業員二、三十人の会社を親子でやっているのだろう、というくらいにしか思っていなかった。だが、いくらアメリカでも、その程度の会社の社長では、黒塗りのリムジンにお抱え運転手を持つのは無理だろう。

「どうかしたの？」キャメロンは眉間《みけん》にしわを寄せているリオーナを見やった。

「これ、あなたの車？」

「厳密には僕の車じゃない。車も運転手も、ハーコート＝アダムズ株式会社の取締役として、自由に使っていいことにはなっているけどね」

「でも、ハーコート＝アダムズ株式会社のオーナーはあなたのお父様なんでしょう？」

「百パーセントじゃないけどね」

リオーナもそれ以上はきかなかった。しつこく話題にして、財産をあてにしていると思われるのは心外だ。去年の夏、彼が家族のことをあまり話さなかったのも、そういう懸念があったからなのだろう。

車は無言のままの二人を乗せてボストン港のトンネルを抜け、市街に出た。そして、間もなく大きなれんが造りのビルの前に停《と》まった。入口には制服を着たドアマンがいる。キャメロンはスティーブンズに「このへんを回っていてくれ」とだけ言っておりていった。

車はその界隈《かいわい》をひと回りした。いくら田舎者でも、ビクトリア朝風のタウンハウスが並ぶ通りをひと目見ただけで、このあたりが一等地だということはわかる。店も超一流といった風情だ。高級ブティック、小粋なレストラン。いかにも老舗《しにせ》といった感じの宝石店、小さな画廊。このあたりの住人はいったいどこで毎日の買い物をするのだろう？　リオーナは不思議に思った。

スティーブンズがバックミラーでこちらを見ている。リオーナはぎこちなくほほ笑んだ。笑みが返ってきたのは意外だった。使用人は好意的に見てくれるかもしれない。リオーナはそんなふうに考えた。

近所を三度回って戻ってきたところで、キャメロンが出てきた。スーツケースを二つ手に持っている。スティーブンズは急いでおりて後部座席のドアを開け、トランクに荷物を積み込んだ。

車は間もなく住宅地に入った。広々とした通りの両側に大きな家が並んでいる。先に進むにつれて、家がどんどん大きくなっていくようだ。ようやく車が停まったのは、鉄の門扉とそびえるようなれんが塀の前だった。門はすべるように開いて、車が中に入るとまたすうっと閉まった。

リオーナはほとんどパニック状態に陥った。背後で閉まった門が、刑務所の門のように思える。真新しい三階建ての家が目の前をふさいだ。

「自分で建てたんでしょう？」

「いや。父が建築家に頼んで、自分のアイデアを盛り込んでもらっただけだ。ショッピング・モールの外見をイメージさせるね」

「この家が嫌いなのね」キャメロンの声の調子でわかる。

「いいから、黙ってついておいで」

リオーナは何も言い返さなかった。初めて会う彼の家族のことを思うと、それどころではない。反対側に回ってローリーのチャイルドシートのベルトを外しかけたとき、キャメロンが止めた。

「せっかく寝ているんだから、しばらくそのままにしておいてやろう。スティーブンズが見ていてくれるよ」

「えっ……はい、よろしいですとも」運転手があわてて言った。

最初は子供が一緒でないほうがいいかもしれない。

「目を覚ましたら呼びに来ていただけますか？」リオーナは運転手に頼んだ。

「わかりました、ミス……あの……」

ほかの使用人も何も聞いていないらしく、出迎えたメイドも、一瞬狐《きつね》につままれたような顔をした。

大理石の廊下沿いにずらりと並んだドアの一つを開けて、キャメロンが一歩足を踏み入れた。リオーナは気後れしながらその後ろに立った。

話し声がぴたりとやんだ。父親らしい男性が口元に笑みを浮かべてキャメロンを見ている。あまり似ていない。女性二人はちらりとキャメロンを見てから、リオーナに視線を移した。そして、品定めするように眺め回すと、つんと顔をそむけた。

リオーナはすばやく三人を観察した。細面のチャールズ・アダムズは体つきも息子よりほっそりしていて、白髪がよく似合う。年は取ってもハンサムでいかにも社長といった風格を備えている。

バーバラ・アダムズは、亜麻色の髪といい、しわ一つない顔といい、とても五十代には見えない。黒のシンプルなドレスに、ダイヤモンドのネックレスがまぶしい。

そして最後の一人がメリッサ・アダムズ。黒い髪、人形のようにきれいな肌。エリザベス・テーラーの若いころをほうふつとさせる美人だ。黒のフォーマルパンツの上にゆったりとしたカラフルなシルクのシャツを着ている。美貌《びぼう》もセンスも超一流の彼女に、頭のてっぺんから爪先までじろじろ見られていると、木綿のブラウスにスカート姿の自分がみすぼらしい田舎者に思えてくる。

チャールズ・アダムズがつかつかと息子に歩み寄って、しっかりとその肩を抱いた。「おかえり」彼は息子の肩越しにリオーナに声をかけた。「君がリオーナだね。ようこそ」

「ありがとうございます」リオーナは思わず一歩進み出て、おずおずと手を差し出した。

彼はその手を心をこめて握った。「スコットランドからの旅はどうでしたか?」

「長い旅でした」

「疲れたでしょう」チャールズ・アダムズは妻のほうを向いた。「妻のバーバラと、こちらが娘のメリッサです」

バーバラがしぶしぶ立ちあがって、リオーナに手を差し出した。二人は短く握手をした。メリッサは立って冷たい笑みを浮かべただけだった。

バーバラもメリッサも無言だ。気まずさを察して、チャールズ・アダムズが続けた。「君と……赤ん坊の部屋はバーバラが用意してくれているからね」赤ん坊は？　彼は息子に目で尋ねた。

「車の中で眠っているんだ、見たい？」

「見たい？」チャールズはうれしそうにくすっと笑った。「初孫を見たいかだって？　おまえもやぼなことをきくやつだ」

　リオーナは胸が熱くなった。チャールズは子供が生まれたいきさつにこだわっていないようだ。

「嘘《うそ》みたいだよ、まったく」チャールズは誇らしげに息子の肩をつかんだ。

「じゃ、ご対面願うか」キャメロンは笑いながらチャールズを連れて出ていった。

　バーバラ・アダムズがリオーナを冷たく一瞥《いちべつ》してから、夫のあとを追った。

　リオーナはその場で足踏みしてしまった。たしかにローリーの母親は自分だが、ふと自分が局外者のような感じがしたのだ。ドアのほうに歩きかけたとき、うしろで声がした。「わたしだったら、ここで待っているわね。それともあなた、感傷的なシーンが好きでたまらないタイプ？」

「べつに」リオーナは振り返った。メリッサは座り直してカクテルを飲んでいる。

「だと思った」彼女は軽蔑《けいべつ》しきったような口調で続けた。「どんな赤ん坊でも、お継父《とう》様は大感激でしょうね。だけど、母のほうは皮下注射器を用意して待機しているわよ」

「皮下……？」

　メリッサはもったいぶった調子で説明した。「皮下注射器よ、知らないの？　血液を採取するときに使うでしょう。あなた、ＤＮＡ鑑定って知ってる？」

　リオーナは小さくうなずいた。彼女が話をどこに持っていこうとしているのかはわかっている。

「それじゃ、父親が誰かについて最終的な決め手になるのがＤＮＡ鑑定だってことも知ってるわけね」

　リオーナはわざと退屈そうな顔をした。

「キャメロンが父親だということを疑っているわけ

じゃないのよ。彼も男だから、性欲だけで行動してしまうってこともあるでしょうしね。でも、普段は分別のある人だから、もうＤＮＡ鑑定くらいはすませているのかもしれないわね」

「いいえ、そんなことしていないわ。そんなことしなくても、赤ちゃんは彼に瓜《うり》二つですもの」

「それで彼は自分のものだと思ったら大間違いよ。子供一人でつなぎ止めようなんて、無理よ、無理」

「既得権を主張していらっしゃるの？」

「キャムくらい、わたしがその気になったらいつでも手に入るわ。あなたなんか問題外よ。まあ、見ていればわかるでしょうけど」

「そう」リオーナは無関心を装って廊下に出た。

玄関のドアの前で、チャールズ・アダムズがローリーを抱いているのが見えた。祖父だということがわかるのか、ローリーはとても機嫌がいい。バーバラ・アダムズは口を一文字に結んで、少し離れたところに立っている。

大理石の床に響く母親の足音に気づいたのか、ローリーが横を向いた。泣き出しかけた孫を、チャールズがリオーナの腕にゆだねる。ローリーはうれしそうにリオーナの首に頭をもたせかけた。

ほほ笑ましい光景に、チャールズは目を細めている。「赤ん坊のころのキャメロンにそっくりだ」

バーバラ・アダムズがようやく口を開いた。冷たい、事務的な口調だった。「ミス・マクラウドには育児室を使っていただくことになっていますから。キャメロンはいつものお部屋ね」

「それじゃ、離れ離れじゃないか」チャールズ・アダムズが口をとがらせた。

「かまわないよ、父さん。廊下のパトロールもしてくれるの、バーバラ？　それとも、別々の部屋で寝起きしてさえいれば、世間体は保てるのかな？」

バーバラ・アダムズはキャメロンをにらみつけた。

「他人がなんと思おうとあなたは気にならないでしょうけど、お父様とわたくしには社会的な立場というものがあります。六カ月の赤ん坊が突然現れた理由を説明するだけでもやっかいなのに。使用人たちにはいいゴシップの種ですよ。お友達の家の使用人にまで、あっという間に噂は広がるわ」

「まあ、いいじゃないか、バーバラ。最近はそんなことを気にする人も少ない。キャメロンとリオーナも来月には結婚するんだ。式が先だったか子供が先だったかなんて、そのうちみんな忘れてしまうさ」

「そうだよね、父さん」キャメロンは顔をゆがめた。

リオーナは困惑した。意外な展開だ。すぐに別れるのが申し訳ないような気がする。

リオーナの憂い顔を誤解したのか、チャールズがあわてて言い添えた。「いや、もちろん、式のことも家のことも、決めるのはリオーナだ」

「ある程度まではね。だけど、今さら純白のドレスに身を包んで祭壇にのぼるわけにもいかないんじゃないのかしら？」バーバラがリオーナと赤ん坊に露骨な嫌悪の目を向けた。

リオーナはその目をにらみ返した。「ご心配なく。役所に届けを出すだけですから」

「そうはいかん。昨今はそれだけですませるカップルも多いようだが、一生に一日くらいは思い出に残る日があってもいいじゃないか。リオーナの花嫁姿はさぞかしきれいだろうな。そうは思わんか、キャメロン？」チャールズが説得口調になった。

「どうするかは彼女しだいさ」

わたしの気持は知っているくせに。リオーナはむっとしてキャメロンをにらんだ。

「まあ、とりあえずシャワーでも浴びてさっぱりしてくるよ」リオーナにこれ以上の演技は無理だと判断したのだろう。キャメロンはさりげなく話をそらした。

「そうだな。じゃ、夕食はそれまで待とう」チャールズは、リオーナの腕を取って階段をのぼり始めた息子に声をかけた。

メリッサが居間のドアに寄りかかってこちらを見あげているのを無視して、リオーナは階段をのぼり続けた。

長い廊下を歩いている間も二人は無言だった。いちばん奥の育児室は、ほとんど離れといってもいいような造りになっていた。

リオーナは与えられた部屋をぐるりと見回した。古めかしいベビーベッドとシングルベッドが並んでいる。壁紙はピンク地にテディーベアの柄、カーペットもピンクだ。

「誰のお部屋だったの、ここ？」

「メリッサだよ。親父《おやじ》がバーバラと結婚してこの家に引っ越してきたとき彼女はまだ三つだったんだ」

「あなたのお母様はここに住んでいらしたことはなかったのね」

「母はこんな家には住みたがらなかっただろうと思うよ。僕が子供のころ、僕たちはボストンのアパートに住んでいた。公園の近くでね。広かったけど、こんなに派手じゃなかった」

人目を引く豪邸は継母の好みなのだろう。リオーナは、八歳で母親を亡くし、十三歳で思い出の家をあとにしなければならなかった彼に心から同情した。

よけいなことを言ってしまったと思ったのだろうか。キャメロンは急によそよそしい表情になって、隣の寝室へ向かった。じゅうたんが敷きつめてあるが、家具は洋服だんすとシングルベッドに化粧台だけ。豪華というより機能的な部屋だ。

「ここは乳母の部屋だったんだ。いやなら、別の部屋を手配するけど」

「いいえ。クロフトよりずっといいわ」

「うん、それもそうだね」

視線がぶつかり合った。二人は、クロフトのみすぼらしさなど目に入らないくらい、お互いに夢中だったころのことを思い出した。

リオーナは視線を落としてベッドに腰かけ、ローリーをベッドカバーの上に寝かせた。「わたしのことは心配しないで。ご家族のところにいらして」

「まあ……親父は喜んでくれてはいるけど」

「ええ。だけど……お父様には事実を話したほうがいいんじゃない？」

「どの事実を話す？」キャメロンは鼻で笑った。

「ローリーのために結婚するっていうことをよ」

彼は首を横に振った。「結婚して、少なくとも人前ではうまくいっているように芝居をするというのが約束じゃないか」

「インバゲールの人たちの前ではね。でも、あなた、自分の家族までだますのはいやでしょう？」

「親父はああいう人だから、僕がようやく身を固めたと思わせておくほうがいいんだ。たとえ半年で終わろうとね。継母《はは》は、どっちだってかまやしない」

「じゃ、メリッサは？」

「メリッサ？　彼女は関係ないだろう？」

リオーナは黙っていた。

「メルが君に何か言ったのか？」

「いつ」リオーナはわざととぼけてみせた。

「さっきだよ。みんながローリーを見に行ってたとき」

「ちょっと女同士の話をしただけよ」

キャメロンは渋い顔をした。「メルの言うことは本気にしないほうがいい。近づかないほうが利口だ」

言われなくても、あんな意地の悪そうな女性に近づく気はないが、キャメロンは自分自身のためにわたしたち二人を離しておきたいだけなのだ。メリッサの言うように、将来は彼女と結婚するつもりでいるのかもしれない。

「心配しないで。わたし、あなたを窮地に追い込むようなことはしないから」

「わかった。じゃ、僕は階下《した》に戻っているから、君は着替えをすませておいて」

「着替え？」

「夕食だから」

「何に着替えればいいの？」リオーナはそまつな木綿のブラウスとスカートを見おろした。「荷物はまだとどいていないし、それに、これでもわたし、いちばんましなかっこうをしているのよ」

「うっかりしてたよ。ロンドンに着いたときに買い物をすればよかったね」

「いいのよ、そんなこと。できたらわたし、お食事もここでいただきたいんだけど」

リオーナの声に疲労の色を感じ取ったのだろうか。彼はあっさりとうなずいた。「うん。じゃ、時差ぼけということで、今日は夕食をここに運ばせるか」

「よかった」気丈なふりをしてはみたものの、これからの半年のことを思うと、たまらなく寂しい。

「君ってほんとうに怖いものなしなんだね」

勝手にそう思っていればいい。去年の夏、あなたが黙って帰ってしまったとき、わたしがどんな思いをしたかも知らないで……。

リオーナは黙ってローリーを抱きあげた。おなかがすいてきたらしく、ぐずり始めている。キャメロンには早く出ていってほしい。

そんなリオーナの顔色を察したのだろう。彼は「食事を運んでもらうように頼んでくる」と言い残して、部屋を出ていった。

リオーナはブラウスのボタンを外して授乳した。ローリーは満足げにお乳を飲みながら、信頼しきった目で彼女を見あげている。リオーナはいとし子の額にそっとキスした。そうだ。ここに来たのは、この子の将来のためなのだ。しかし、ローリーを胸に抱いていても孤独感はつのるばかりだ。

ノックの音に気づいた。「だめ、ちょっと待って」と彼女が制したときにはもうドアは開いていた。

リオーナはどぎまぎした。キャメロンの視線が、自分の顔とローリーが吸っている乳房との間を行ったり来たりしているのだ。隠そうにも、手のとどくところに何もないし、突然お乳を飲ませるのをやめたらローリーが泣いてしまう。キャメロンが気をきかせて出ていってくれるのを待つしかない。

が、キャメロンは後ろ手にドアを閉めて、母と子のスキンシップの場面に見入っている。初めて見る授乳の光景に驚嘆しているようだ。その青い目の奥にどんな感情が渦巻いているのか、リオーナは知るよしもなかった。

彼は、ローリーが飲み疲れて眠ってしまうまで、まるで見ているのが当然のような顔をしてその場に立っていた。リオーナはそっと胸から赤ん坊を離してベッドに寝かせ、ブラウスのボタンを留めた。

「母乳を飲ませているなんて、知らなかった」

「最初は母乳がいちばんいいのよ」リオーナはローリーを抱きあげて育児室に向かった。

キャメロンは部屋の入口に立って、リオーナがローリーをベビーベッドに寝かせるのを見ている。ローリーはほんの少し鼻を鳴らしたが、またすぐに眠りについた。リオーナは豆電球をつけてから、そっと後ろへ下がった。

キャメロンはまだじっとしている。リオーナは窓辺に移動して彼との距離を置いた。

「ローリーのミルクがいるんじゃないかと思ってききに来たんだけど、その必要はないみたいだね」

「ええ」リオーナの頬がかっと熱くなった。

赤くなっているのを見られたくない一心でリオーナはうつむいたのだが、それを見逃すキャメロンではない。「君ってまだ子供なんだね、リー。口が達者で意地っ張りで、一人前の母親ぶってるけど、中身は去年の夏のおてんば娘のまんまだ」

「そんなことないわ！」リオーナはふくれた。「それにリーって呼ぶのはやめて。いやなの」

「いやだなんて一度も言わなかったじゃないか」リー……彼は初めて夜をともにした日からずっとリオーナをそう呼んでいたのだった。「そういえば、君、自分のことは何も話してくれなかったな。だから僕はてっきり君がバージンだと……。そうじゃないとわかったら、僕に嫌われるとでも思ったの？」

「わからないわ」今さらそんな話をしてどうするの？「もう終わったことなんだから」

「僕にとっては終わっていない」キャメロンの目がつらそうにかげった。「僕の心の中には、どうしても君がほしいという気持と、君をけがしたくないという気持が交錯していた。僕は、必ず償いはするって約束したよね。そして、君のほうもどんどん僕を深みに引きずり込んでいった。でも、その間もずっと、あの水兵を待っていたんだ」

「そんな……やめて！」リオーナは声をひそめて言い返した。「そうじゃなかったのよ。わたしはファーガスが来るなんて夢にも思っていなか……」

「帰ってきた彼を両手を広げて迎えたくせに」

「違うわ！　何もかも曲解してるのよ。あなたこそ、あんなスパイみたいなまねをしないで、わたしに直接ファーガスのことをきいてくれていたら……」

「ああ、そうだろうね。さぞかしもっともらしい言い訳が聞けただろう。でも、最終バスに乗り遅れたからしかたなく泊めたなんて話、誰が信じる？」

インバゲールの村の中ではバスなど走っていない。彼はそれを承知で言っているのだ。しかし、事実はそれに近い。ファーガスはあの日、両親の家に帰るには時間が遅すぎると言って泊まったのだ。

だが、そんなことを今さら説明しても、彼は聞く耳を持たないだろう。なんとしてもわたしを悪者にしたいのだ。「あきれてしまうわ、威張り屋さん。わたしがあなたとファーガスを天秤《てんびん》にかけてファーガスのほうを取ったと思い込んで、じだんだ踏んでるの？　自分のほうがお金持でかっこいい車を持っているのに、袖《そで》にされたのが気にくわないってこと？」

「結局、君も僕もねらった獲物を逃がしてしまったのさ。でも、どうしたんだ、あの水兵？　君が私生児をはらんだのががまんできなかったのか？」

「ローリーを私生児呼ばわりしないで！」

「どうして？　私生児にしたのは君じゃないか」

どれくらいにらみ合っていただろう。しばらくして、キャメロンは黙って出ていった。

リオーナはその後ろ姿をじっと見つめた。怒りが絶望感に変わっていく。これがあのつかの間の恋の結末なのだ。そして、残されたのはローリーだけ……。

リオーナは育児室に戻ってローリーの寝顔に見入った。わたしはほんとうに、あんなにまで自分のことを憎んでいる男の姓をこの子に名乗らせたいのだろうか？　これからのつらい毎日が辛抱できるのだろうか？　紫のヒースと黄色いエニシダに覆われたインバゲールの丘がまぶたの裏に浮かんだ。やはり、辛抱するしかない。自分一人ならともかく、ローリーがいるのだから……。

わたしはこの子に何がしてやれるだろう？　愛してやること。それしかできないではないか。地主の私生児と後ろ指をさされながらじめじめした家で大きくなっても、生活保護に頼らなければならないような将来が待っているだけではないか。

「大丈夫よ」リオーナは眠っているわが子に語りかけた。「あの人が苦しめたいのはわたしだけ。あなたを苦しめたりしないんだから。ママは辛抱するから、安心して」

　これだけは自信を持って言える。キャメロンは誇り高い男だ。わたしが彼との約束を破らない限り、インバゲールをローリーに譲るという約束を破ることはないだろう。

　リオーナは去年の夏の優しかったキャメロンを思い出した。あのとき結婚を申し込まれていたら、なんのためらいもなく承諾していただろう。それなのに、こんなかたちで結婚しなければならなくなるなんて。でも、あの夜ファーガスが訪ねてこなくても、キャメロンと幸福な結婚ができたとは思えない。

　わたしにはお金も教養もないのだから。いくら背のびしても、彼は手のとどかない存在なのだ。でも、それなら去年の夏の出来事はいったいなんだったの？

　あれは夢にすぎなかったのだ。

7

　その夜リオーナはぐっすり眠って、翌朝はいつもの授乳の時間に起きた。窓から外を見て暖かい一日になりそうな気がしたので、薄いブルーのデニムシャツとカラフルな木綿のスカートに着替えた。

　メイドが朝食のトレーを運んできた。一緒についてきた少女が、はにかみながら自己紹介した。「グローリアです。母がこちらで料理人をしているんです。ミスター・アダムズ……お若いほうのミスター・アダムズに、赤ちゃんのお世話をお手伝いするよう言いつかってきました」

　黒い瞳に浅黒い肌をしたその少女はアメリカではヒスパニックと呼ばれるラテンアメリカ系らしく、

笑顔が人なつっこい。彼女はしゃがみ込んで、リオーナの脚にもたれて座っているローリーをあやし始めた。舌を鳴らしたり指をつかませたりしてくれるグローリアに、ローリーは大喜びだ。

リオーナもひと目で彼女が気に入ったが、申し出は断った。「ありがとう、グローリア。でも、この子の世話はわたし一人で大丈夫よ」

「ミスター・アダムズに、お買い物にご一緒するよう言われているんです。赤ちゃんの着るものだとか、いろいろ買いそろえなくちゃいけないからって」たしかにそのとおりだ。新生児用の衣類はもう小さくなっているし、ベビーカーもおもちゃも何もない。ただ、キャメロンから買い物の話を聞いていないのが気にかかった。

「そうね、グローリア」リオーナはほほ笑んだ。

「ミスター・アダムズにきいてみるわ」

ローリーを抱きあげて歩きかけるリオーナを見て、グローリアがすまなそうに言った。「もう会社にお出かけになったと思いますけど」

「あら、もう?」リオーナは腕時計に目をやった。まだ八時を回ったばかりだ。

「スティーブンズがボストンまで送ってくれることになっているんです。あなたの朝食がすんだら」

「でも……」ひと言の相談もなしに行動予定まで決められるなんて……。だがリオーナはグローリアの不安そうな表情を見てため息をついた。「わかったわ。それで、どこでお買い物をするかまで決まっているの?」

グローリアは皮肉には気がつかずに、こっくりうなずいた。「フィレーヌとかジョーダン・マーシュとか、ベビー用品売り場のある大きなお店がいいんじゃないかっておっしゃってました。なんでも、好きなものを買っていいそうです。クレジットでお買い物ができるように手配しておくからって」

「そう」

「朝食をめしあがっていらっしゃる間、赤ちゃんを抱っこしていましょうか？」

リオーナはちょっと迷ってからローリーを渡した。最初はいやがった彼も、グローリアがおもしろい顔をしてみせるとあっという間に機嫌を直した。

一緒に買い物に出かけてみて、リオーナはあらためてグローリアを連れてきてよかったと思った。どこで何を買えばいいかも、おむつの取り替え場所も、授乳できる場所も、何もかも知っているのだ。

だが、彼女のせいで無駄づかいをしてしまったことも否定できない。一人で来ていたら、最高級品ではなく、手ごろな値段のベビーカーを買っていただろう。あんな法外な値段のついたベビー服などには手を出さなかっただろうし、生後六カ月の赤ん坊に、上等の歩行器やおもちゃのたぐいなどいらないと判断していたに違いない。〝請求書はアダムズに回してください〟と言うだけで店員が愛想よく応対してくれるのもいけなかった。

迎えの車の中でクレジットの控え伝票に目を通したリオーナは、自分がどんなに散財したかに気づいて唖然《あぜん》とした。キャメロンはこれを見たらどう思うだろう？　やっぱり財産目当てに近づいたのだと思うだろうか？

グローリアが車の窓からボストンの名所を次々に指さしてくれる。ボストン・コモン。植物園。ニュー・イングランドではいちばん高いというジョン・ハンコック・タワー。総ガラス張りの建物に空と周囲のビルが映っているのを見あげて、リオーナは驚嘆の声をあげた。最上階は展望台になっていて、町が一望できるのだという。優雅な雰囲気の古い家並みが続く旧市街ビーコン・ヒルには、有名人の表札も見える。車は間もなく新しくひらけたバック・ベイ地区に入った。超高層ビルに加えて、風変わりなデザインのビルも多い。

ハーコート＝アダムズ・ビルはどちらかというとおとなしい、二十二階建てのビルだった。それでも想像していたよりははるかに立派だ。去年の夏はあんなことを言っていたけれど、彼がインバゲール・ホールと引きかえにこんな大会社の次期社長の地位を捨てるなんて、まずありえない。

グローリアとローリーを車に残して、スティーブンズはリオーナをビルの中に連れて入った。そして、エレガントなスーツに身を包んだ受付嬢の前にすたすたと歩み寄った。「ミス・マクラウドがミスター・キャメロン・アダムズに面会に見えました」

教育が行きとどいているのか、受付嬢二人はさほどじろじろリオーナを見るでもない。質素なブルーのシャツに木綿のスカート姿では、親戚《しんせき》にもガールフレンドにも仕事上の訪問客にも見えないだろうが、彼女たちはさりげなく好奇心を隠して、内線電話でキャメロンに用件を伝えた。

「ミス・マクラウドにはロビーでお待ちいただくようにということです。ミスター・アダムズはすぐにお見えになりますから」

スティーブンズはうなずいて、広々としたレセプションロビーへとリオーナを促した。よほど気後れしているように見えたのだろうか。革張りの肘かけ椅子を前にためらうリオーナに、彼はとっさに言った。「わたしも一緒に待ちましょうか？」

リオーナは首を横に振ってからほほ笑んだ。「赤ん坊が泣いたら、連れてきていただけますか？」

「グローリアに連れてこさせますから、ご心配はいりませんよ」スティーブンズは親しみをこめてそう言うと、にっこり笑って出ていった。

受付嬢たちの視線を感じる。リオーナは椅子に腰をおろして、さりげなくそばの雑誌を手にした。キャメロンのガールフレンドたちも、こうして彼を待つのだろうか。リオーナは顔をしかめた。

「どうかしたの？」いつの間にか彼が立っていた。

「なんでもないの」リオーナはごまかした。「こんな会社を経営しているなんて、あなたって偉いんだなって思っていただけ」

「経営しているのは親父《おやじ》で、僕は管理職の一人にすぎないよ」

「でも、いずれはお父様のあとを継ぐんでしょ？」

「親父はハーコート＝アダムズ社の株の三十パーセントを所有しているだけなんだ。バーバラが四十パーセント、僕が十パーセント持っていて、残りは大勢の個人株主の所有になっている」

「お父様はどうしてバーバラに四十パーセントも会社の株をもたせていらっしゃるの？」

「彼が持たせているわけじゃない」キャメロンは苦笑いしている。「バーバラの結婚する前の姓はハーコートだったのさ。僕の祖父の会社と彼女の父親の会社が、二十五年ほど前に合併してね」

「お父様がバーバラと結婚なさる前よね」

「そう。つまり、二人が結婚して合併が完結した」

つまり、愛し合って結婚したのではなく、便宜上結婚しているのだということだろうか？

「会社の株を独占することで、親父は社長の地位を確保したんだ」

リオーナにもだんだんわかってきた。つまり彼は、二度目の妻のあと押しで会社の大株主になれたというわけなのだ。しかし、将来はどうなのだろう？キャメロンも継母のあと押しで社長になるのだろうか？それとも、メリッサが……。

そうだ。メリッサと結婚すれば、何もかもめでたし、めでたしではないか。美男美女のカップルがハーコート＝アダムズ社の株の八十パーセントを所有することになるのだから。

「メリッサはお母様の株を相続するんでしょうね」

「だろうね。それから、君が今考えていることに対する返事もイエスだ」

「わたしが考えていること？」

「僕がメリッサと結婚したら」彼はリオーナの心中をすっかり読み取っていた。「ハーコート＝アダムズ社は自動的に僕のものになる」

「わたしはそんなこと言ってないわ！」胸のうちを見透かされて、リオーナはかっとなった。

「まあ、そういうことにはならないけどね。君がなんと言おうと、僕は君と結婚するんだから」

「これが全部自分のものにならなくてもいいの？」

「地位、名声、富……そんなものを、僕がほしがらなくちゃいけないのか？」謎《なぞ》めいた質問だった。

「そんな……」リオーナはキャメロンを見つめた。いったいこの人は、人生に何を求めているのだろう？

「もういい」キャメロンはリオーナの腕を取った。「おいで。いろいろ忙しくなるんだから」

「えっ？　どこに行くの？」

「ランチ。まだなんだろう？」

リオーナはうなずいた。でも、どうして？

彼はまたリオーナの無言の質問に答えた。「話し合うことがあるから。家よりレストランのほうがプライベートな話がしやすい」

「それはそうね」リオーナは自分のスカートとシャツを見おろした。「でも、あんまり高級なところには行かないで」上から下までじろじろ眺めて顔をしかめているところをみると、キャメロンもこの服装には不満なようだ。無理もない。彼のほうはダークスーツにシルクのシャツとネクタイ姿なのだから。それでも、ここまで露骨に不満そうな顔をすることはないのにとリオーナは思った。

スティーブンズは下町風のレストランに案内してくれと命じられて、車を裏通りへ向けた。

グローリアは気をきかせて、助手席のほうに移動している。後部座席との間にはガラスの仕切りがあるので、リオーナとキャメロンは密室にいるのも同然だ。キャメロンは黙って、眠っている息子を見つめ、やがて視線を窓の外に向けた。彼とローリーの間に座っているリオーナも、無視されていることなど気にもならないという顔をして、自分の両手を見おろしていた。

目的の店に着くと、キャメロンはスティーブンズとグローリアに、ローリーと一緒に車の中で待っているよう指示してから、リオーナの腕を取って、さっさと小さなピザ・レストランに入った。

磨きのかかった木の床に明るいチェック柄のテーブルクロスのかかったその店は、いかにも学生のたまり場といった印象で、キャメロンは場違いなところに来たという感じだ。カジュアルな服装のほかの客は、不思議そうに彼を見ている。

「赤ん坊に必要なものはみんなそろった？」席について注文をすませてから、キャメロンが尋ねた。

「でも、ちょっと買いすぎたみたい」

「そう？」

「つい調子に乗ってしまって」

キャメロンはバッグから控え伝票を出そうとするリオーナを制した。「いいから、だいたいの金額だけ教えて」

「それが……千ドルくらい」

「そんなに？　え？」彼はわざと深刻そうな顔をしてみせてから、おかしそうに笑った。「君ってほんとうに何も知らないんだね」

「知らないって、何を？」

「お金のことも、金持の暮らしのことも……。サイン一つで好きなものを買っていいんだよ。使いすぎを心配することなんてない。君、僕の財産がどれくらいあるか知ってる？」

「知らないわ。知りたくもない。世の中の女性がみなお金に心を動かされると思ったら、大間違いよ」

「いや、ほとんどみんな、心を動かされるんだよね」彼はおどけてみせた。「ということは、君、自分のものは何も買わなかったんだ」

「何も必要なものはありませんから」

「そうかな？」彼は真顔になった。「来週の金曜日には、親父とバーバラが親戚と友人を招いて、花嫁を紹介するちょっとした集まりを開くことになっている。〝ちょっとした〟というのは三十人くらいしか呼ばないっていう意味。〝集まり〟というのは、男性はタキシードに黒の蝶《ちょう》ネクタイ、女性はデザイナー・ブランドのドレスで出席するパーティーのことだ。僕の記憶では、君の洋服だんすにはフォーマルドレスは入っていなかったよね？　ジーンズで出るのもいやだろう？」

「わたしはかまわないわ」

「君がかまわなくても、僕は困る。だから、午後は一緒に買い物だ」

「一緒に？」

「二人で」

「お仕事があるんじゃないの？」

「うん。山ほどある。でも、仕事はあと回しでいい。まず、君にきれいになってもらわないと」

「優しいのね」リオーナは顔をしかめた。このままでは人前にも出せないというわけだ。

ちょうどウエイターが注文の品を運んできて、話がとぎれ、リオーナは食べることに専念した。

ほとんど食べ終わったころ、グローリアが泣いているローリーを連れて入ってきた。おなかをすかせているようだ。

「お乳を飲ませなくちゃ」だから買い物になど行けないわ。リオーナはそう言ったつもりだった。「じゃ、車に戻るわね」

「ついでに、スティーブンズを呼んでくれる？」

　リオーナはスティーブンズに声をかけてから、後部座席でローリーに授乳を始めた。車の窓はスモークガラスになっているので、外からは見えない。キャメロンがすぐに追ってくるとは思わなかった。

　彼は向かい側の席に座って、胸を隠そうとするリオーナに言った。「そのままでいて。見ていたいんだ」

　あまりの率直さに、リオーナは思わず顔を赤くした。そして、そのまま授乳を続けた。うつむいていても、胸にキャメロンの視線を感じる。彼が見たいのは赤ん坊だけなのだとわかっていても、愛し合っていたころのことがよみがえってきて、心が乱れた。

　彼も同じ気持だったらしい。ローリーの授乳がすむと、キャメロンはシャツのボタンを留める手を制するようにリオーナの手を取った。リオーナは彼の顔を見た。しかし、その視線は母乳でぬれた乳房にじっと注がれている。出産して以来、リオーナは自分の体を欲望の対象となるようなものとは考えていなかったのだが、彼の表情には欲望がありありと見えた。

　キャメロンが身を乗り出した。キスしようとしている。リオーナは目を閉じた。熱い息を頬に感じたとき、不意にパトカーのサイレンが鳴った。はっとして目を開けると、彼は怒ったような顔をしてローリーを抱き取った。「ちゃんとボタンを留めて」

　リオーナはもぞもぞと身づくろいをした。恥ずかしかった。と同時に、よそよそしい態度に徹してくれない彼がうらめしかった。

　二人は無言のまま、スティーブンズとグローリアが昼食から戻ってくるのを待った。キャメロンはローリーをずっと抱いたままで、シルクのネクタイを引っ張らせたり、鍵《かぎ》の束をじゃらじゃらいわせたりしてあやしている。かわいくてしかたがない様子だ。

リオーナは顔をそむけた。はた目にはどんなに幸せな家族に見えるだろう。

　スティーブンズが戻ってくると、キャメロンは公園に行くよう指示してからリオーナに言った。「グローリアがローリーと一緒に公園を散歩している間に、買い物をしよう」

「洋服だったら、あるからいいわ」

「うん。でも……君の立場もあるし」

「立場？　どういう立場なの？」

「僕のフィアンセとしての立場に決まってるだろ」

　リオーナはわざとらしい笑い声をあげた。この人は、わたしを着飾らせればみんなの目がごまかせると本気で考えているのかしら？

「よかったよ。僕たちのうち一人でも、今の状況を笑える人間がいて」

「外見だけ取りつくろってもしかたがないわ。バービー人形みたいに着せ替えても、中身はおんなじ。わたしはあなたとは種類が違うのよ」

「そうかな？　それじゃ君は、僕をどういう種類の人間だと思っているの？」

「そういう意味で言ったんじゃないわ」彼がわざと意味を取り違えているのはわかっている。「あなたの家族だとかお友達のことを言っただけ。わたしは偉い人とのつながりもないし、いい学校を出てもいないし、社交界の礼儀もわきまえていないし、お金持でもないのよ！」それに、そうなることを望んでもいないのよ――リオーナは無言で言い添えた。

「僕もそういう種類だとしたら、そんな僕がどうして君に近づいたか説明してくれないか？」

　簡単なことだ。「わかっているくせに、キャメロン、あなたは最初から、おもしろ半分だったのよ」

「もし君が本気でそう思っているんだとしたら、ずいぶん自分自身を見下していることになるな」

「とんでもないわ」リオーナは声を高ぶらせて言い

返した。「わたしもわたしのまわりの人たちも、あなたやあなたのまわりの人たちよりずっと立派だと思っているわ。着飾って高級車に乗ったり、盛大なパーティーを開いて、それを証明する必要がないだけよ」

「誇りさえあればいい？」

「そういうわけじゃないけど」

「ふうん」

ちょうどそのとき、車が停《と》まった。スティーブンズがおりてくるのも待たずに、キャメロンはリオーナを追い立てて車からおろした。

「三時間で戻ってくるよ」彼はスティーブンズに短い指示を与えると、しっかりとリオーナの手を握って歩き出した。

「ローリーはどうするの？」

「大丈夫。グローリアは素人じゃないんだから。保母さん志望で、基礎的な知識もちゃんと身につけている。今までに何か不満でもあった？」

リオーナは首を横に振った。たしかに彼女は気立てがよくて優しいだけではなく、ローリーの扱い方もとても上手だ。

「ほらね。じゃ、急ごう。まだ仕事も残っているんだ」彼はニューベリー通りに並ぶブティックの前で立ち止まった。店構えを見ただけで最高級品を置いているのがわかる。

二人は店に入った。店主が出てくると、キャメロンは自分と一緒に外出するのにふさわしいドレスがほしいと告げた。リオーナに選ばせようという気はないらしい。

愛想のいい店員がリオーナを眺め回して、サイズを尋ねた。

「十二号です」というリオーナの返事を、キャメロンが訂正した。

「アメリカ・サイズでは十号だ」

「そうなの？」どうしてそんなことを知っているのかしら。女性にドレスを買うのは初めてではないのだろう。

　店員は肝心の客はキャメロンだと察したらしく、彼にあれこれ意見を求め始めた。ドレスとそれに合う下着を見せられて、買う、買わないを決めるのもキャメロンだった。

　リオーナは最初は試着するのもいやだったが、鏡に映る自分を見ているうちに、うぬぼれが頭をもたげた。黒いシルクのスリップドレスに包まれた美しい曲線はどう見ても大人の女性だ。ふと、これならメリッサに負けないのではないかという気がした。

　リオーナは試着室から出た。気恥ずかしさで、キャメロンのほうが見られない。店員に促されて姿身の前に立ってみて初めて、リオーナは不安になった。キャメロンが何も言わないのだ。

　ほめてくれたのは店員だった。「よくお似合いですよ。ほんとうにきれい！　そうお思いになりませんか、お客様？　まるでキャスリーン・ターナーの若いころみたいですよね」

　彼はリオーナの真後ろに立った。鏡の中の目が、ドレスをざっと見てからリオーナの目をのぞく。そのままどれくらい見つめ合っていただろう。いつの間にか店員は気をきかして姿を消している。リオーナは身震いした。肩を出しているからではない。彼の目の冷たさにぞくりとしたのだ。

「彼女の言うとおりだ」キャメロンがようやく口を開いた。「田舎娘から都会的な美人に大変身だね」彼は笑みを浮かべてつけ加えた。

「気に入らないんだったら、買わないで」

「とんでもない……」彼はもう一度ドレスに視線を走らせた。「……こんなドレスを着ていたら、男はみんなくらくらするよ。君が僕のものだなんて、みんなにうらやましがられるだろうな」

彼はそっと耳元でささやいた。店員の耳を気にしているのだろう。リオーナは声をひそめて言い返した。「わたし、あなたのものなんかじゃないわ」

「わかってる」彼はわが物顔でリオーナのウエストに手をあてた。「でも、ほかの男はそうは思わないからね。みんな、こんな美人と結婚できてラッキーだってうらやましがるぞ」

「あなたは？　どう思っているの？」彼は指を下腹部にすべらせた。リオーナは胸が高鳴った。

また鏡の中で目が合った。「世界中で自分がいちばんラッキーな男だと思っていたこともある」

去年の夏のことを言っているのだ。リオーナは一瞬、あのころに戻ったような気がした。彼は心底わたしを愛してくれているように思えた。そして、わたしもどんなに彼を愛していたか。あのことさえなかったら……。

キャメロンがリオーナを後ろから抱き寄せた。話し声も人の気配も消えて、頭の中がキャメロンだけになっていく。振り返って彼の腕の中に飛び込みたい。まだ愛していることを伝えたい。

が、彼はそんなリオーナを押しのけてつぶやいた。

「もちろん、そのあともっと利口になったけどね」

リオーナは目を閉じた。彼はわたしをばかにして、わたしが傷つくのを見たかっただけなのだ。

「これ、いただくよ」彼は店員にそう言ってから、試着室に戻ろうとするリオーナに冷たく声をかけた。「次はグリーンのを着てみて」

リオーナはあとになって、どうしていやだと言えなかったのだろうと思ったが、そのときは挫折《ざせつ》感でいっぱいで何も考えられなかった。言われるままにドレスを試着し、どれを買うかは彼に任せた。高級なドレスを身につけたところで、彼がわたしを軽蔑《けいべつ》していることに変わりはない。そう思うと、どんなにきれいに見えてもうれしくもなんともなかった。

店から店へとリオーナはキャメロンについて回った。そして何も言わずに試着した。

　わずか三時間で、イブニングドレス三着とそれに合わせた下着、ディナーの席にも着られるしゃれた服が六セット、パンプスが色違いで六足、それに加えてシルクのシャツやパンツ、トレーナー、ジーンズといったカジュアルウエアまでが全部そろった。普段着といっても、すべてブランドものだ。

　値段など見もしないで、彼は寸法直しが必要なものはその指示をし、サインだけで買い物をすませた。そして、荷物が持ちきれなくなると、配達してもらえるよう手配した。

「まだいるものはたくさんあるけど」二人はニューベリー通りに戻っていた。「また今週の終わりに時間を作るよ」

「もう十分買ってもらったわ。ボストンにはそう長くいないのに」

「うん。でも、インバゲールに帰ったら新しい役目もあるし、みんな、君がきれいに装っていることを期待するだろう」

　リオーナはちょっと顔をしかめた。〝きれいに装っている〟というのは〝とりすましている〟ということだ。そんなことをしては、昔なじみの近所の人たちの反感を買うだけだろう。みんな、わたしがロディー・マクラウド爺《じい》さんの孫だということを知っているのだから。

　車に戻ってみると、ローリーは後部座席ですやすや眠っていた。リオーナはほっと胸をなでおろした。

　キャメロンはハーコート＝アダムズ・ビルの前で車をおりた。もう五時を回っているが、彼はまだ仕事をするつもりらしい。「じゃ、夕食のときにまた。新しい服を着るといいよ」

　いやみな言い方ではなかったが、リオーナは気分を害していた。あんなにたくさん衣類を買ってくれたのも、家族も友人の前で恥をかきたくないから。わたしは、いずれ捨てられる着せ替え人形なのだ。

だが、ローリーを寝かしつけてから、新しい白のシルクのブラウスに黒いスカートを着てみると、そんな気持も消え去っていた。仕立てのいい服を身につけ、髪を編み込みに結いあげて入念に化粧をすると、驚くほどあかぬけして見えた。まるで別人のようだ。リオーナは階下に向かった。

居間にキャメロンの姿はなかった。彼の父と継母とメリッサにじっと見られていると、まるで敵の陣地に踏み込んでしまったような気がした。実際、キャメロンの父の温かい声がなかったらきびすを返して自分の部屋に戻っていたに違いない。「やあ、リオーナ、おかえり。これはすごい。きれいだよ」彼はそう言って満面に笑みを浮かべた。

「ありがとう」リオーナははにかみながらつぶやいた。チャールズ・アダムズはいかにも自信のなさそうなわたしを、元気づけてくれているのだ。

深みのある赤のシルクのドレスでエキゾチックに装ったメリッサは、ほんのしばらくじっとこちらを見ていたが、すぐにどうでもよさそうな表情になった。バーバラのほうは片方の眉をつりあげただけで、何も言わない。

バーバラは食事の間もほとんどリオーナと口をきかなかった。チャールズ・アダムズがリオーナも会話の輪に入れようと気をつかっているのに対して、バーバラはまるでリオーナなどいないかのような顔をしている。失礼と言えば失礼だが、メリッサのように意地悪な言葉を浴びせて人をばかにするよりはましだ。

二品目の料理が出たところで、キャメロンが現れた。リオーナはほっとした。

「遅れてごめん。ひと仕事片づけてからと思って」

「心配するな。リオーナだってわかってくれているよ」チャールズは息子がリオーナに謝っているのだと勘違いしている。

　リオーナは弱々しくほほ笑んだ。献身的な婚約者を演じるのかと思うと気が重かった。

「あら、そんなことわかる？　無理よね」

「メリッサ」キャメロンがメリッサをたしなめた。

「だって、そうでしょう？　泥炭地とヒースしかない田舎に、資本金何百万ポンドの会社がごろごろあるとも思えないし。もし間違っていたら、ごめんなさいね」彼女は甘ったるい声でリオーナに言った。

「ええ、それほどたくさんはありません」リオーナは短く答えた。

「それに、馬力の強い会社重役なんてキャメロンが初めて……ちょっと言葉が悪いかな」

「ちょっとどころじゃない」キャメロンが言った。

「メル、言いたいことがあったらはっきり言えよ」

「怒りっぽいのね」メリッサはキャメロンに向かって、茶目っけたっぷりに顔をしかめてみせた。「そんなに神経をとがらせることないでしょう？　わたしはただ、この人に同情していただけなのに」

「ほんとうかな？」

「だって大変よね……」メリッサは気の毒そうにリオーナのほうを見た。「まったく違った環境の中に飛び込んできて、重役の妻としてのあなたの期待にも応《こた》えなくちゃいけないんですもの」

「僕は何も期待しちゃいない」

　父親はその言葉を誤解した。「わかるよ。リオーナみたいにかわいい女性を、立身出世しか頭にない管理職の奥さんに変身させるなんて、いかん、いかん」

「でも、ご本人には変身願望があるんじゃないの？　もうドレスなんかもそれらしくなっているし。ねえ、ちょっと気になるんだけど、それ、キャムが選んだの？　それともご自分の趣味？」

「キャメロンです」

「やっぱり」メリッサはキャメロンのほうを向いた。「上手に選んだわね。シンプルなデザインとベーシックな色は、ふっくらした体型によくお似合いよ。ちょっと言い方が悪いかしら？」

「どんな言い方をしてくれても結構」キャメロンはメリッサの失礼な言葉を笑い飛ばした。「リオーナは何を言われても気にしないさ。彼女みたいに賢明な女性はね、やせぎすがファッショナブルだなんて思っちゃいないんだ」

リオーナは眉をひそめた。〝賢明〟という彼の言葉もメリッサの言葉もいやだ。そして何より、いつまでも自分が話題になっているのにうんざりしてきた。

「嘘《うそ》よ。やせていたいと思わない女性なんているもんですか。体質的に太らない人はラッキーだけど。あなただってもう少し食べる量を加減したら……」

なんというぶしつけな人だろう。リオーナは驚きのあまり、一瞬言葉を失った。そして、おもむろにナイフとフォークを置くと「そうですね」とだけ言って、すっと席を立った。

「リオーナ？」後ろでキャメロンの声がしたが、リオーナは黙って廊下から階段に向かった。「何をしているんだ？」彼はリオーナの腕をつかんで向き直らせた。

「何をしているように見えるかしら？」抑えていた怒りが爆発した。「部屋に戻るの。わたしがいないほうが、ご家族のみなさんがわたしなんかいないような顔してお話しできて楽でしょう？」

「えっ？　わけのわからないこと言うなよ」

「わけがわからない？　わたし、あなたが思っているほど賢明じゃないのかもしれないわ。太ってるって言われたくないのかもしれないわね！」

「太ってる？　誰もそんなこと言ってないだろう」

「そうよね。そうやって彼女の肩を持っていればいいわ。ばかにしないで」

「ばかになんかしてない。そんなこと、一度もしたことはない。それに、僕はメリッサの肩を持ってもいない。あいつはときどき意地悪をするんだ。なんなら僕から話して……」

「意気地なしだって思ってもらうの？　いやよ！」

「じゃ、どうしてほしいんだ？」

「スコットランド行きの片道切符をちょうだい」リオーナは本気だった。こんな人たちと一緒にはいられない。キャメロンだってもう別世界の人だ。

「無理だね。契約だっただろう？　最低半年はここにいるっていうのが」

「契約？　あなた、ほんとうにあれが契約だと思っているの？　わたしがローリーに何もしてやれないのをいいことに、結婚したらあの子にはインバゲールをやる、しなかったら法廷で争うだなんて。わたしには選択の余地はなかったんじゃない？」

「ほかにどんな選択肢があったっていうんだ？　ファーガス・ロスか？　一年のうち半年は船に乗っている水兵の女房になって、わずかな給料で爪に火をともすような生活をして、亭主が帰ってくるたびに子供をはらむ。それが望みだったのか？」

「そうよ。それのどこがいけないの？」

「なんだって……」

「放して！　大声を出してもいいの？」

「どうぞご自由に」彼はリオーナの頭の後ろに片手を回した。

「やめて……」息をのんだと同時に、唇が重なった。

激しい口づけだった。彼は固く閉じたリオーナの唇を舌でこじ開け、怒りとショックにあえぐ彼女の唇をむさぼり続けた。

キャメロンはやがて唇を離すと、リオーナのふくれあがった唇と燃えるような目をじっと見つめて、いまいましげにつぶやいた。「なんてことだ。僕に何をするんだ」

　リオーナは首を横に振った。わたしは何もしていないわ。あなたのほうじゃない、わたしを破滅に追いやろうとしているのは。

　キャメロンの手が顔をかすめた。「リー」

「いや！」リオーナは走り出した。

「リー……」

　リオーナはよろめきながら走り続けた。

どうしてリーなんて呼ぶの？　あんなに憎しみをこめてキスしておきながら、どうして？　あなたが愛していたリーっていう女の子は、もう殺されちゃったのよ。あなたに……。

　リオーナは部屋に入ると、ベッドに身を投げ出して泣いた。わたしの愛した彼はもう永遠に戻ってはこない。

8

　あくる日、リオーナがローリーをお風呂に入れ終えるころ、キャメロンが保育室に現れた。

「ローリーに会いに来た」

「そう。どうぞ」リオーナはローリーをお湯から抱きあげ大きな柔らかいタオルでくるんだ。

　キャメロンは椅子に腰をおろして、リオーナがローリーにねまきを着せるのを見ていたが、やがて口を開いた。「抱いていい？」

　リオーナは困惑した。ゆうべは爆発寸前だったのに、今日はこんなに折り目正しいなんて。

　しかし、ローリーを渡さないわけにもいかない。リオーナは息子を抱く父親をじっと見ていた。悲しくなるくらい二人はそっくりだ。ローリーがキャメロンのジャケットの襟をつかんで、彼の膝の上に立とうとしている。キャメロンに小さな手を持って支えてもらって膝の上に立つと、ローリーは生えかけた歯を見せてにっこり笑い、すとんと座り込んだ。

　同じことを何度かくり返してから、ローリーは母親のほうを振り向いた。キャメロンはすぐにローリーをリオーナに返した。

「僕のこと、覚えていてくれないだろうね」

　キャメロンがありのままの気持を口にするのを聞いて、リオーナは罪悪感にも似たものを感じた。

「いいえ……大丈夫。覚えているわ。もうあなたの顔も声もわかるんですもの。それに、大きくなったら夏休みなんかにボストンに遊びに来て、また仲よくできるじゃない」

「そのころにはお互い、他人みたいになっているよ」

「あなたのこと、話して聞かせておくわ」父と子を引き離してしまう自分が、ひどく身勝手に思えた。

「僕のこと、話して聞かせてくれる？」彼はうつろな笑い声をたてた。「何を話すんだ、リオーナ？君の人生を破滅に追いやった卑劣なやつだって？」

「わたしのこと、軽蔑《けいべつ》しているのね」

「君がそう思っているだけじゃないの？」

「お願い、キャメロン。やめましょう。もうけんかはしたくないの」

　リオーナの声は疲れきっていた。夜中に二度ローリーに起こされたうえ、今日は一日中保育室で考えごとばかりしていたのだ。

「ごめん。信じてもらえないかもしれないけど、こんなことになるなんて思ってもいなかったんだ」彼はポケットに手を突っ込んで窓辺に歩いていった。

「かっとならないようにって自分に言い聞かせているのに、君のそばに来ると理性を失ってしまう」

リオーナも同じだった。彼が部屋に入ってくるたびに体がこわばり、頭の中がパニック状態になる。

「ねえ、毎晩ローリーを見に来たいんだけど、どうかな。休戦協定を結んで……」

「でも……」リオーナは迷った。

「これから半年、もうけんかしたくないのは僕も同じだ」声がかすかに緊張していた。インバゲールにいたころの彼とは別人のように、暗い、生気のない顔をしている。

「いいわ」腕の中のローリーがむずかり始めた。

「最後の授乳の時間だわ」

「うん。じゃ、夕食のときにまた」キャメロンは息子の頭を軽くなでて出ていった。

　昨夜のこともあるし、食事は自分の部屋でとりたい。でも、臆病《おくびょう》者だと思われるのは心外だ。リオーナはローリーを寝かしつけ、グリーンのシルクのブラウスとシックな黒いパンツに着替えて、ダイニングルームにおりていった。心が重かった。

　メリッサは敵意に満ちた視線を投げかけただけで、食事の間中ずっとリオーナを無視していた。

　バーバラも同じだった。が、もう馴れてしまって気にもならない。冷ややかでよそよそしい彼女が夫を相手に話すことといえば、家に必要なものとか社交界のことくらいで、夫婦としての愛情など少しも感じられない。礼儀正しくただの知り合いのようだ。

　冷たくよそよそしくふるまうのが、ボストンの上流階級の流儀なのかもしれない。だがリオーナは、突拍子もないことを言ったりしたりする明るいキャメロンが恋しくてならなかった。

　メリッサは、仕事についての質問をしたり、共通の友人の話をしたり、ときには大胆に色目を使ってみたりして、なんとかキャメロンをひとり占めしようとしている。

「メリッサのことは気にしなくていいからね」食事

のあと居間でコーヒーを飲んでいるとき、チャールズがリオーナに言った。キャメロンはメリッサの新しいスポーツカーを見に表に出ている。バーバラはいつの間にか姿を消していた。「あの子はいつも兄貴のキャメロンに一目置いていてね。その兄貴が結婚するっていうんで、ちょっとやきもちをやいているんだ」

「いいんです。気にしていませんから」

「よかった。誤解を招いているんじゃないかと、気になっていたんだよ。君がキャメロンと結婚してくれることになって、ほんとうによかったと思っている。この家でも何も遠慮することはないからね」

「ありがとうございます」リオーナはにっこりした。

「ところで、君は何をするのが好きなんだね？」

「うちにいるときは、本を読んだり、ピアノを弾いたり、散歩するくらいかしら」

「ピアノを弾くの？」チャールズは興味深そうに言った。「それはいい。音楽室にピアノがあるから使いなさい。いいピアノだよ。どのくらい弾くの？」

「一応弾けるという程度です」リオーナは謙遜《けんそん》した。「祖父に習ったんです。祖父はとても上手でした。ちゃんとした音楽教育を受けていたら、きっとコンサート・ピアニストになっていたでしょう」

「君は？　そのちゃんとした音楽教育っていうのを受けたの？」

リオーナは首を横に振った。「エジンバラ王立音楽大学に受かったんですけど、結局行きませんでした。そこまで熱心ではなかったんですね」

「もっといいことがあったからじゃないの？」メリッサの声だった。裏のテラスに通じるフレンチドアから、入ってきていたらしい。「かわいそうなキャメロンにあって、大学に行くの、やめちゃったんでしょう？　それほどかわいそうでもないか、彼は……」

「うるさい、メリッサ」そばに来ていたキャメロンの青い目には、怒りがこもっている。

「いいかげんにしなさい、メリッサ」チャールズ・アダムズが立ち上がって娘の腕を取った。「ビリヤードでもしようか。それ以上言いたいことがあったら、わたしに言いなさい」

キャメロンのような強引さのない、温和な男性だと思っていたが、そうではないようだ。チャールズはいやがるメリッサを引っ張るようにして出ていった。

二人っきりになるなり、キャメロンはリオーナにつめ寄った。「大学に受かっていたのに、どうして黙っていたんだ？」

リオーナは肩をすくめた。「どうでもいいと思ったの。だって、結局は行けなかったんだし」

「でも、なぜ行けなかった？　お祖父《じい》さんの世話をしなきゃならなかったからか」

「〝ならなかった〟んじゃなくて〝したかった〟からよ。ほんとうに才能があるか熱意があるかだったら、祖父より大学のほうを取ったでしょうけど」

それは自分自身を納得させる言葉でもあった。本物の音楽家なら、何をおいても音楽を選んでいたはずだ。でも、自分はそうではなかった。そこまで一《いち》途《ず》に音楽だけを優先させて生きられなかったのだ。

「君は自分が正しいと判断したことをした。でも、どうして行けるようになっても行かなかったの？」

「去年の九月……？」そのわけは知っているくせに。

実際、大学には去年の夏もう一度入学手続きをしていた。ところが、キャメロンと出会って、大学のことなどどうでもよくなってしまった。キャメロンがアメリカに帰ってしまって三週間後に、大学から手続き完了の通知が来た。しかし、そのときにはもう、リオーナはすっかり投げやりな気持になっていたのだった。

「僕は君の人生をめちゃめちゃにしてしまったね」

「うぬぼれないで。大学なんて、ほんとうに行きたかったら行ってるわ」

「やめろ。僕の子を身ごもっていたから行けなかったんじゃないか」

「もういいの。わたしにはローリーがいるわ。地球もちゃんと回っているし」

「ずいぶんさっぱりしているんだね。君、ほんとうにそこまで簡単に僕たちの過去を忘れることができるの?」

できるわけないわ。つかの間の恋だったけれど、何一つ忘れられないのよ。でも……。

「そうしなきゃ、生きていけないもの」リオーナは硬い声で言い、廊下に飛び出した。

呼び止めてくれるかもしれないというリオーナの期待を裏切って、キャメロンは彼女が階段をのぼっていくのをじっと見ていた。

その夜、リオーナは泣かなかった。しかし、一睡もできなかった。彼が自分に何を求めているのか、いまだにわからない。わたしは一度も彼に負担をかけずにここまでやってきた。妊娠中、彼に援助を求めることもしなかったし、今だって非難めいたことは口に出さず言われたとおりにしているではないか。それなのに、彼はわざとわたしを苦しめるようなことばかりする。そんなにわたしが憎いのだろうか?

次の日の夕方もキャメロンはローリーに会いに来た。リオーナは警戒していたが、彼は特に気になることも言わず、赤ん坊と少し遊んで出ていった。二人は夕食の席でも会ったが、それも前の日の繰り返しのようなものだった。おしゃべりをするのはもっぱらメリッサで、話題もリオーナの知らない人たちのことばかりだ。

だが、それももう気にならない。家族の一員でもないのに、仲間に入ろうとするほうが無理なのだ。

メリッサの敵意よりもバーバラの冷たさよりも、心の負担になっているのは、チャールズ・アダムズの息子の結婚に対する熱意だった。

結婚式は民間の式場で挙げるのか、教会で挙げるのかという質問をしたのもチャールズだった。

キャメロンに君しだいだと言われて、リオーナは民間の式場がいいと答えた。祭壇の前で嘘《うそ》はつきたくない。チャールズはキャメロンに、どんな家を買う予定かとも尋ねた。驚いたことに、キャメロンは都心にあるタウンハウスに決めたと答えた。リオーナは驚きを顔に出さずにいるのが精いっぱいだった。チャールズがタウンハウスの利点や欠点をいろいろ並べ立てるのを聞きながら、リオーナはキャメロンが平然と嘘をつくことに内心驚いていた。

チャールズの気配りで二人だけになったとき、リオーナは言った。「キャメロン、お父様のご質問に答えなくちゃいけないのはわかるけど、タウンハウスだなんて作り話することないのに」

「してないよ」

「してないって、何を？」

「作り話をだよ。今週の週末、家を見に行こうと思っていたんだ」

「見に行くって、家を買うの？」

「賃貸でもいいよ。すぐ住めればどっちでもいい」

「でも……ここじゃいやなの？」

「君がいやだろうと思って。他人の家、それも僕の継母《ままはは》の家に居候じゃ、君は大変だろう。彼女は親父《おやじ》すら歓迎していないんだから」

「それはそうだけど……」バーバラやメリッサをこそこそと避けて暮らさなくてすむというのはうれしい。でも、キャメロンと二人だけになって、お互いの感情がむき出しになるのは困る。

「心配はいらない。感情ぬきで暮らせるように考えているから。寝室も別々だ」

「そういうことじゃないの。ただ、ちょっと気になっただけ——仲よくやっていけるかどうか」

「無理かな。でも、やってみなくちゃわからない。まあ、僕は仕事が忙しいから、あんまり会うこともないだろう」

「だけど、お金のこともあるし。たった半年のために家を買うの？」

彼は首を横に振った。「いずれにせよ、もう少し広い家がほしかったんだ。そのうちローリーも遊びに来るようになるだろうし……。どう思う？」

リオーナは少し考えたが素直に答えることにした。

「すてきだと思うわ」

「よし。じゃ、週末は家探しに出かけよう」キャメロンはにっこり笑った。

リオーナもほほ笑み返した。一瞬、ほんとうに三人で新しい暮らしを始めるような気がした。

それから週末まで、リオーナはうきうきしていた。

だが、引っ越すつもりでいるということを聞きつけて、メリッサが黙っているはずはなかった。彼女はリオーナと二人きりになるのを待って、キャメロンはまたすぐに気が変わるとほのめかすのだった。

メリッサはあくまでも、キャメロンはローリーのために結婚するだけで、本命は自分だと思っている。しかし、リオーナの見る限りでは、そうではなさそうだ。キャメロンはいくらメリッサに迫られても、笑って身をかわしている。

メリッサは土曜日にリオーナがキャメロンと出かけるときも、まだ荒れていた。ローリーもチャイルドシートに座らせて一緒に連れていくことにした。

「とりあえず、公園のそばの家が五軒、候補に挙がっているんだ」彼は不動産屋にもらった書類を差し出した。「一戸建てのほうがいいと思ったんだけど、いやだったらアパートを見て回ってもいいよ」

「いいえ、一戸建てはすばらしいわ」

「ねえ、君がいやなら……」

「そんなんじゃないの。ただ……」あなたの義理の妹が……。だが、そこまでは言えない。「なんでもないのよ。家具はどうするのかなって思っただけ」

「その心配ならいらない。君の名前でクレジットカードを作っておいたから。いい家が見つかったら、来週にでも家具を買いに行っておいで。入居する日に配達してもらうよう頼んでおくといい」

「いいの？　わたし、家に家具をそろえたことなんて、一度もないのよ」趣味が悪いと思われたらどうしよう。

「気に入ったのを買えばいい。君の家なんだから」

わたしの家。一瞬リオーナは空想した。まだ彼と愛し合っていて、結婚する日を心待ちにしているんだったら……。でも、現実は違う。

しかし、不動産業者に会い、いろいろな家を案内してもらうのは楽しかった。どの家もきれいで、キャメロンの実家ほど大きくはないが、広さも十分ある。間取りもいいし、インテリアもあかぬけしていて、狭くて薄暗いクロフトとは雲泥の差だ。

最終的にどの家にするかはキャメロンに任せた。彼が選んだのは、公園に近い三階建てのタウンハウスだった。もう空き家になっているので、すぐにも引っ越せそうだ。

次の週、リオーナは家具を見て回った。スティーブンズの車は断って電車で出かけたのだが、グローリアにはローリーと一緒についてきてもらうことにした。毎日、あちこちの店をのぞいて、居間と寝室にはこんな家具を、台所はこんなふうにと頭に思い描くのは楽しかった。だが、実際には何も買わなかった。

これは夢だとリオーナにはわかっていた。キャメロンとは会話をするようになりときには笑い合ったりもするが、こんなことがずっと続くわけはない。

そのうち何かが起こって夢がしぼんでしまうのだ。

　その〝何か〟が起こったのは金曜日だった。息子の未来の花嫁を友人に披露しようと、チャールズ・アダムズがディナー・パーティーを開くことにした日だ。

　リオーナはおじけづいていたが、メリッサは楽しみにしている様子だ。そのわけはすぐにわかった。彼女は上流階級の人たちとの接し方を知らないリオーナが、醜態をさらすのを期待しているのだ。

　メリッサの思うつぼかもしれない。リオーナはそんなことを考えながら階段をおりていった。それでも、背筋はぴんとのばし、不安を隠してはいた。

　キャメロンは階段の下で待っていた。にこりともせずにじっとみあげているところをみると、わたしの服装が気に入らないのだろうか。黒いシルクのスリップドレスを着るのは初めてだ。髪はグローリアが器用にシニヨンにまとめてくれた。彼女は最高に上品だと言ってくれたし、自分でも鏡に映った姿には満足していたのだが、キャメロンの額のしわを見ると自身がなえてしまうのを感じる。

　彼の脇《わき》に立ったリオーナは意外な言葉に驚いた。

「こんなにきれいな君を見るのは初めてだ」

「ありがとう」キャメロンに手を握られて、リオーナは小さく震えた。

「怖い？」彼はリオーナを居間に連れて入った。ゲストたちは食前のドリンクを手に談笑している。

「こちこちよ」リオーナは素直に答えた。

「平気だよ。重要な客なんていないから」

　わたしにとって重要ではないっていう意味ね。リオーナは納得した。どんな失態を演じても、どうせわたしは別世界の人間なのだから。

　でも、こんな世界の一員になどなりたくもないわ。リオーナはいつ終わるとも知れない食事の間も、そんなことを考えていた。女性はいつまでも若く美しくあることが最大の関心事で、着るものやフィットネスクラブのこと、エクササイズのことしか話をしない。男性はといえば、仕事上の取り引きや会社の合併など、金もうけの話一辺倒だ。

何も知らないリオーナは会話に加わることもできない。そんなことを誰も期待していないのもわかっていた。きれいだと言われるたびにほほ笑みで応《こた》えてはいるが、自分がキャメロンの〝所有物〟になったようで、うれしくもない。女性客のほうも、バーバラと同じような冷たい美人ばかりで、話をするどころではなかった。

メリッサは若い客に愛嬌《あいきょう》をふりまいている。テーブルの向こう端にいても聞こえるほどの甲高い声だ。リオーナが顔を上げると、好気に満ちた目がこちらに向けられていた。それも一人や二人ではない。思い過ごしかもしれないが、その直後のばかにしたような笑い声が気になった。

謎《なぞ》が解けたのは、食事も終わってゲストが居間に移動してからだった。暖かい夜で、開け放たれたフレンチドアの向こうのテラスでは若い客が声高に騒いでいる。ウエイターが二人、ひっきりなしにドリンクを持って回っているせいもあって、みんな相当上機嫌だ。

キャメロンはその一団とは距離を置き、片ときもリオーナを放さなかった。

キャメロンに紹介されたバン・サイクシス夫妻とだけは気が合った。妻のブレアはほかの客とは違う。美容の話よりも家族の話のほうが好きなのだ。ローリーのこともストレートにきいてくる。お互いの赤ん坊の話をしているうちに、リオーナもすっかり打ちとけていた。

ブレアとリオーナがランチの約束をしていたとき、チャールズがやって来てキャメロンに声をかけた。少し離れたところで話を聞いたキャメロンが、顔をしかめて「ちょっと失礼」と言うと、テラスに出ていった。

　リオーナにはわけがわからなかったが、バン・サイクシス夫妻はとっさに事情がのみ込めたらしい。二人はリオーナの注意をそらそうと、ほとんど同時に話しかけてきた。が、テラスから居間に入ってきたメリッサの声はあまりにも大きい。みんなの視線がいっせいにそちらに吸い寄せられた。

　キャメロンはメリッサの手首をつかんで、居間のドアのほうに連れていこうとしている。しかし、彼女はリオーナのそばから動こうとしない。相当酔っているようだ。

「どうやって愛してあげてるの？　いろいろ手はあるんでしょうけど」メリッサはキャメロンに引きずられながら、金切り声をあげた。

　キャメロンがリオーナにすまなそうな目を向けた。だがそれで恥ずかしさが消えるわけではない。バン・サイクシス夫妻に優しくほほ笑みかけられても、リオーナは顔をこわばらせたままだった。

　テラスのほうから聞こえてくる甲高い話し声が、さらにリオーナに追いうちをかける。

「メリッサもやるじゃない。彼を自分のものにしてみせるって言ってたけど、ほんとうだったわね」

「そうは見えなかったけどなあ」男性の声が言う。

「あれが作戦なのよ——彼をあの田舎娘から引き離す。わからなかった？」みんながどっと笑った。

　リオーナはじっと耳を澄ましていた。バン・サイクシス夫妻が気をそらせようと話しかけてくれているのは知っていたが、そんな声など耳に入らない。

「ねえ、どうなるか賭《か》けない？」別の声が言った。

「最後はメリッサと結婚するわよ。確率は九十パーセントってとこね」

「ほんとうにそう思う？　田舎娘でも、僕だったら歓迎だね。寒い朝はベッドも暖かいしね」

リオーナは凌辱《りようじよく》されたような気がした。それでも彼女はじっと聞き耳を立てていた。自分を現実に引き戻すためにも、聞いておかなければ。

「無視していればいいのよ」ブレアが一生懸命なだめてくれる。「酔っ払って頭が変になっているんだから。みんな……」

声の大きな女性がまた言った。「だって、考えてもごらんなさい。私生児を連れたかわいこちゃん対聡明《そうめい》で美人でハーコート＝アダムズ社の未来の大株主なのよ。勝負になるわけないでしょう？」

勝負になるわけない。耳の奥で、最後の言葉がこだました。リオーナは人垣をすりぬけて廊下に出た。そのまま自分の部屋に戻るつもりだったが、どこかで話し声がする。すがりつくように甘えたり、せがんだりしているメリッサの声だ。キャメロンのぶっきらぼうな声は、低すぎて何を言っているのかは聞き取れない。声の出どころは音楽室だった。

そのまま二階にあがりなさい。別の自分が言う。しかし、聞きたい気持はどうしようもない。

ドアは開いていた。そして、何が起こっているのかも明白だった。両腕をキャメロンの首に回して体を押しつけているメリッサ。キャメロンもそれを拒絶するでもない。二人が入口に立っている人影に気づいたのが不思議なくらいだ。

「リオーナ」キャメロンは眉をひそめた。そして、身を翻すリオーナを呼び止めた。「リオーナ、待って！」

リオーナは一気に自分の部屋まで駆け戻った。

一人になってから泣き崩れようと部屋に飛び込んだら、グローリアがいた。ローリーを見てもらっているのを忘れていたのだ。リオーナはやっとの思いで礼を言うと、彼女を引き取らせた。

入れ替わりにキャメロンが入ってきて、閉じたドアに寄りかかった。

「出ていって！」

「話し合おう。あの飛び出し方からすると、君は誤解している。まあ、無理もないと思うけど」

「あら、そうなの？」リオーナはかみついた。「メリッサにあんなことさせておいて、誤解ですって？　まさか。あなたの目つきだって、おかしかったわ」

「追いかけてきてまで君に事情を説明する義務なんか、僕にはないんだよね」

「そうよ！　いやなら説明なんてしないで！」

「リー、やきもちをやいてるのか？」

「やきもち？　うぬぼれないで！　メリッサがほしいんだったら、結婚すればいいじゃない。二人で一生幸せに暮らせばいいのよ」

「そのほうが君にとっても好都合だよね。僕がメリッサのために君を捨てても、インバゲールはローリーのものとして残る……。そううまくはいくもんか。僕たちは計画どおり結婚する」

「ばかげてると思わない？　わたしたち、いったい誰のために結婚するの？　みんなのため？　階下《した》にいらっしゃるみなさんは、わたしみたいな田舎娘と結婚するなんてどうかしてるっておっしゃってるわ。みなさん、メリッサと同じご意見よ。わたしはお金目あてであなたと結婚するんですって」

「ふうん？　でも、みんながどう思おうと関係ないだろう。問題は僕がどう思っているかなんだから」

「じゃ、あなたはどう思っているの？」

「契約どおり、僕たちは結婚する」キャメロンは返事をすり替えた。「もう準備はしてあるんだ。式は三週間後。場所はシティ・ホール。その前にＤＮＡ鑑定をしなきゃいけないけど」

　まるで病院の予約の話をしているかのような事務的な口調――それも、気は進まないが、どうしても行かなければならないような口ぶりだ。

リオーナは首を横に振った。「わたし、あなたと結婚なんてしないわ、キャメロン。そんなことできない。財産と引きかえに結婚するなんて不道徳よ。あなたにはそんなこともわからないの？」

キャメロンは彼女の腕をつかんだ。「不道徳？ 君はいつから道徳なんて気にするようになったんだ？ 僕とベッドをともにし、あの水兵ともベッドをともにして、どっちの子だかもわからない赤ん坊を産んだくせに。偉そうな口をきくな」

「違うわ！ 誰の子かはわかっていたわ、最初から。わたしはただ……」

「あいつの子であることを祈っていた。そうだろう、リー？ 君なんて殺してやりたいよ。僕の気持がわかるか？」

「キャメロン！」リオーナは彼を見あげた。「みんなあなたの思い込みよ。ほんとうは……」

「殺す。まず君を殺してからだ、リー。いいか？」

リオーナの腕をつかんでいる手に力を込める。

「わたし……わたし……」口の中がからからで何も言えない。怖いくらいの彼の嫉妬《しっと》に、心臓が破裂しそうなほどだった。「いや」リオーナは身を引いた。

「いやじゃない」彼は手の力をゆるめた。「これでいいんだよ」

リオーナは目を閉じた。どうして？ ここまでわたしを憎んでいながら……。キャメロンの指を頬に感じて、リオーナは身震いした。彼は唇を眉に押しつけてくる。まるであのころと同じ。なつかしさとくるおしさが体の奥で渦巻いた。

「もう一度だけ。もう一度だけていい……」

「やめて、キャム、お願い」

こんなことをしたらもっとつらくなるのはわかっている。それなのに体がいうことをきかない。彼の口づけはだんだん激しさを増して、リオーナは欲望でいっぱいになった。彼女は唇を開いてキャメロンに身を任せた。

彼は取りつかれたようにリオーナの体を引き寄せ、ドレスのジッパーを一気におろした。リオーナはすべり落ちるシルクのドレスを、あわてててつかんだ。こんなにも簡単に誘惑に乗ってしまう自分が恥ずかしかった。キャメロンはリオーナの髪に手をうずめてのけぞらせ、なでるように唇を合わせて、彼女が高まるのを待っている。

リオーナがこらえきれずに声をあげた。唇を求めてくる彼女に、キャメロンは激しくキスを返しながら、そっとなでるようにドレスのストラップをずらした。ドレスがするりと床に落ちる。

キャメロンは一歩さがってリオーナの両腕をつかんだ。「ほんとうにきれいだ」

彼がほしいのは体だけなのよ。そう自分に言い聞かせてみても、どうしようもない。胸をあらわにされると、なつかしい欲望がわきおこった。

キャメロンはネクタイを取り、シャツのボタンを外してから、リオーナを抱き寄せて後ろを向かせ、首と肩にそっとキスをした。

リオーナは身を震わせて、また目を閉じた。キャメロンは恋人だった。これから先もずっとそうならいいのに。でも、それは夢だ。

二人はいつの間にか向かい合っていた。キャメロンはリオーナの透けるように白い肩から胸へと視線を落としてから、じっと顔に見入った。そして、ピンをゆっくりと外して髪を背中に垂らしたかと思うと、身をかがめ、リオーナの胸に唇を寄せた。

リオーナはショックと痛みに悲鳴をあげた。キャメロンが感きわまってうめき声をもらす。彼の頭の中には、かつて愛したあの甘くかわいい娘のことが渦巻いていた。一緒に過ごし、愛し合った日々の記憶と、今の時間とが溶け合っていく。キャメロンはリオーナの膝の裏側に腕をすべり込ませてそっと抱きあげ、ベッドに運んでじっと彼女を見おろした。

もうあと戻りはできない。これでは堂々巡りではないか。「だめ、そんなことできない！」

彼は唇でリオーナの口をふさいだ。このままでは彼の欲望の波にのまれてしまう。なんとかしなければ。リオーナは彼の肩を押し、背中に爪を立てた。

キャメロンはリオーナが身を投げ出してくるまでキスし、体をまさぐり続けた。そして、これ以上がまんできないほど彼女が高まったのをたしかめてから、自分の着ていたものを脱いだ。からまり合った視線に、ふとぬくもりを感じたような気がして、リオーナはつかの間、疑惑から解き放たれた。

並んで横になると、不思議な安らぎを感じる。甘い口づけを交わし、やがてまた欲望の波が押し寄せてくると、キャメロンは喉から胸、ふっくらとした下半身へと唇をはわせた。リオーナは忘れかけていた喜びに思わず声をあげた。

キャメロンがじっとリオーナの目を見つめたまま、怒りとも思えるほどの情熱を持って体を合わせる。リオーナは反射的に身を縮めた。

「痛いだろう」

リオーナは首を横に振った。キャメロンにはそれが嘘だとわかった。

「赤ん坊……僕たちの赤ん坊……」

リオーナは身を引きかける彼にしがみついた。

〝僕たちの赤ん坊〟その言葉はリオーナの心の中でとろけていった。彼が初めて、ローリーのことを〝僕たち〟の赤ん坊と呼んでくれた……。

二人は一つになった。込みあげる欲望に、リオーナは両手を広げて彼を迎え入れた。

こんなに彼をほしいと思ったことが今までにあっただろうか。彼のぬくもり。彼の匂《にお》い。リオーナはくるおしいほどの思いをこめて、のぼりつめるキャメロンにしがみついていた。

ああ、僕には君しかいない。君しか……君しか……。頭の中で彼の言葉がこだまする。リオーナはまた夢見ていた――夢が現実になる夢を。

だが、胸の鼓動がおさまり、体のほてりがさめると、夢はいとも簡単に消え去ってしまった。田舎のねずみと都会の成功者。この人がわたしを必要としている理由は一つしかない。

リオーナはキャメロンの腕からすりぬけ、ベッドの上に体を起こしてシーツで胸を覆った。「もう行ったほうがいいわ。誰かが探しているかもしれないわよ」

「かまわない」彼はリオーナの背中をなでた。

リオーナは身震いした。もう一度抱き寄せられたら、もう抵抗できそうにない。「早く出ていって。誰かが来ないうちに」

「来たら困るの？」声が笑っている。「いいじゃないか。もうすぐ結婚するんだから」

「さっき言ったでしょう。聞いてなかったの？　わたし、結婚なんてしないわよ、キャメロン」

「あれ、嘘じゃないの？」

リオーナは顎を突き出した。「冗談でしょう？　ちょっと……ちょっと喜ばせてみただけで……」彼女はわざと俗っぽい言葉を選んだ。「こっちの気が変わるとでも思ったの？」

「そんな言い方……」キャメロンが腕をつかみかけたときには、リオーナはもうベッドをおりていた。

ローリーの部屋に逃げ込む寸前で、キャメロンはリオーナに追いついた。そして向き直らせるなり、彼女を壁に押しつけた。逃げようにも、彼の体と壁との板ばさみの状態で身動きが取れない。リオーナはおりてくる唇を避けようと、激しく頭を振った。キャメロンは彼女の髪をつかんで顔を上向かせた。

「やめて……」リオーナは彼の肩を押しのけた。

「僕がほしいんだろう、リー。いつだって僕がほしいくせに、どうして素直にならない？」

「セックスだけだからよ、キャメロン。それ以外なんにもないからよ！」

　キャメロンは振りあげた手で力任せに壁を叩《たた》いた。

　隣の部屋でローリーの泣き声がした。

「行ってやらないと」軽蔑を込めてキャメロンをにらむと、彼は手を離した。リオーナはバスローブをはおって息子の部屋に入っていった。

　三十分後に戻ったときには、もう彼の姿はなかった。なんてばかだったんだろう。ただ欲求を満たすためにわたしに言い寄った彼に、体を許してしまうなんて。あのときは、彼の手が、目が、そして体が、もっとほかのことを言っていたような気がしたけれど、冷静になって考えてみると、わたしは利用されただけだ。もう二度とあんなことはするまい。

　一生心に痛みが残るようなことは、もう絶対にしてはいけない。リオーナは決意を新たにした。

9

　次の日、リオーナはキャメロンの家を出た。キャメロンがメリッサを助手席に乗せて出かけるのを見たとたん、もうたくさんだという気がしたのだった。

　昨夜眠れなかったせいか、思慮も分別もなかった。

　片手にスーツケースを提げ、もう一方の手でベビーカーを押して駅まで歩いた。電車でボストンに出てタクシーで空港に行き、飛行機はニューヨークでロンドン行きに乗り継ぐという経路も、意外なほど簡単だった。ヒースロー空港に到着するころには、ローリーの睡眠パターンもすっかり狂ってしまっていたので、休まず家に帰ろうと電車を二度乗りかえてインバゲール行きのバスに乗った。

旅費はほとんど、キャメロンにもらったアメリカン・エキスプレス・カードで支払った。気はとがめなかった。彼もいずれ感謝してくれるだろう。メリッサと結婚して子供が生まれたら、わたしとローリーが姿を消してくれてよかったと思う日がきっと来るはずだ。

三十六時間かかってインバゲールに着くころには、リオーナは疲労困憊《こんぱい》していた。日曜日の夕方だった。

バスの停留所からドクター・マクナブの家まで、そぼ降る雨の中を、うとうと眠っているローリーを抱いて歩いた。そして、精も根も尽き果てたといったかっこうで、リオーナはドクターの家を訪ねた。

ドクターは驚いた様子も見せなかった。彼はローリーを抱いて腰をおろしたリオーナの脇《わき》に座って、最後に何かを食べたのはいつかと尋ね、サンドイッチを作ってくるからと台所に消えた。そして、リオーナが少し食べるのを待ってから、「もうあっちには戻らないのかね？」とだけきいた。

「ええ。何もかもだめだったの、ドクター」

「そうか」

「会いたかったわ、ドクター」

「ああ、わしもだよ」控えめに優しいところを見せるのが、いかにもスコットランド人らしい。

リオーナは泊まっていけと言うドクターの言葉に素直に従った。疲れているし、ずっと閉めきってあったクロフトではすぐには寝られないかもしれない。

次の日、リオーナはミセス・ネスにローリーを預け、ブレイサイドの町を手始めに往診に回るドクターの車に同乗してクロフトに戻ってみた。

久しぶりに見るクロフトは、まるで廃墟《はいきょ》だった。ボストンでホームシックになっていたときには、質素な生活のことや誠実な人たちのことなど、いいことばかりが思い出されたのだが……。

リオーナはうつむいたままクロフトの脇に回った。

近所に預けてあるジョーが飛んで出てきそうな気がした。裏口の鍵《かぎ》はいつもの石の下にあった。だが、どうも変だ。ドアに鍵がかかっていないようだ。きっと鍵をかけるのを忘れていたのだろう。なんの疑問も感じないで、リオーナは台所に入っていった。

キャメロンが流しのそばに立っていた。

「やあ、リー」キャメロンは持っていたカップを置いた。

一瞬、リオーナは去年の夏に戻ったような錯覚にとらわれた。だが、彼は今、リオーナをアメリカへ連れ戻しにきているのだ。

リオーナは首を横に振った。「行かないわよ」

「ねえ、リー、なんとか……」ドアをさっと開けて表に飛び出したリオーナの背中を、キャメロンの声が追いかけた。「いいかげんにしろよ、リー。話し合おうって言ってるじゃないか!」

座って話し合うことなど何もない。もう財産なんていらない。リオーナはエニシダやヒースの茂みをかきわけながら、丘を駆けあがった。

追いついたキャメロンにジャケットの袖《そで》をつかまれて、リオーナは、死にもの狂いでその手を振り払い、もう一方の手で思いっきり彼を叩《たた》いた。びっくりして手を離した彼がもう一度追いついてきたのは、丘をのぼりきったところだった。彼はリオーナの足を払って転がした。

幸いヒースの上に倒れたのでそれほど痛くはないが、風が強くてなかなか起きあがれなかった。キャメロンはもがくリオーナを引きずりあげて、その両腕を抱えた。

「まったく、しょうのないやつだ……」なぐりかかってくるリオーナに、キャメロンは一瞬言葉を失った。「やめろ。いいかげんにしないと、こっちも君が女だってことを忘れるぞ!」

キャメロンは暴れ回るリオーナの頭を両側から押

さえつけた。もう逃げようがないのはわかっていても、リオーナは力尽きるまで抵抗し続けた。パニックは激しい怒りに変わっていた。

　押さえつけられ、肩で息をしながら、リオーナはきっと彼をにらみあげた。

　二人の目が合った。とたんに憤激がおさまり、体の力がぬけた。「いや」キャメロンは唇を近づけてくる。「いやよ、キャメロン！　いや！」

　キャメロンが身を引いた。彼はよろめくリオーナの手を引いて、クロフトの台所に戻った。

「座って。なんてかっこうだ」

　リオーナは何も言わずにがたがたの椅子に腰をおろした。キャメロンは何事もなかったかのようにやかんに水を入れて火にかける。

　リオーナは調理台の上に食料品の入った袋が置いてあるのに気づいた。「いつ着いたの？」

「きのうの午後」彼は食器棚からティーカップと受け皿を出した。「朝早くコンコルドに乗って、ヒースローからインバネス行きの飛行機に乗り継いで、そこからハイヤーで来た」

　リオーナはしかめつらをした。途中で追いぬかれていたわけだ。

「車はドクターのところでおりたんだ」

　ドクターは知っていたのだ。リオーナは裏切られたような気がした。

「ドクターが悪いんじゃない」キャメロンは流しにもたれかかった。「僕は何が起こったかを彼に話した。彼からも話を聞いた。二人で考えて、僕がもう一度君を説得することにしたんだ」

「わたし、帰らないわよ、キャメロン」

「わかっている。あんなところに君がなじめるわけないよね。しばらくの間だけだからと思ったんだけど……去年の夏から、それはわかっていたのに」

「それであんな作り話をしたの？」

「作り話？」

「村に住んで、地所を運営するっていう話よ」

「作り話じゃないよ、リー。僕は君と一緒に地所を運営し、インバゲールで生活するつもりだった」

「インバゲールのためにボストンでの生活と地位を捨てる気なんかなかったくせに」

「インバゲールのためだけじゃない」君のためだ。キャメロンの表情はそう語っていた。

リオーナは顔をそむけた。もう手遅れだ。

「とにかく捨てたんだ……きのう」

「どういう意味なの、それ？」

「言葉どおりの意味さ」彼はやかんの湯をティーポットに注《つ》ぎ、カップと受け皿をのせたトレーと一緒に運んできて、リオーナの向かい側に腰かけた。

「もちろん、いくつか取り決めておかなくちゃいけないことはある」

「取り決める？」

「週末にはローリーを僕が預かるとか」

「ボストンに帰らないって言ったでしょう！」

「帰らない？　いいだろう。僕も帰らないよ。今言ったろ？　僕はインバゲールに戻ってくる——計画どおり、この土地で生活するためにね」

「メリッサとインバゲール・ホールに住むの？」

「メリッサ？」彼はおかしそうに笑った。「メリッサがこんなところで暮らせると思う？　あの水道を見ただけで彼女はボストンに逃げ帰ってしまうよ」

「じゃ、新しい家を建てるのね」

「いいところはそのまま残して、設備だけを近代化できればいいんだけど。君はどう思う？」

「わたしはべつに……そんなこと、わたしがとやかく言う問題じゃないでしょう」

「うん、そうかもしれないね。でも、君はいつもいろいろ意見を言ってくれるじゃないか」

「わたしはそんなことに意見を差しはさむ立場じゃ

ないわ。もう、借地人の身に戻ったんだから」

「それもそうだ。ということは、僕にも君の将来のことを尋ねる権利はあるわけだよね。たとえば、クロフトにずっと一人で住む予定か、それとも、誰か男が待機しているのか、とか」

「男？　誰のことを言っているの？」

「さあ。ファーガス・ロスが帰ってきたら……」

「やめて！　もうなんの関係もないのに」

「知らないさ。君が何も言ってくれないんだから」

ファーガスとのことを説明してくれということなのだろうが、今さら話すつもりはない。

「ほんとうは聞いたんだ。ドクター・マクナブから。うちに帰すには時間が遅すぎたから、寝椅子《カウチ》で寝かせたんだろう？　君は義理でつき合っていただけで、本気になったことはないっていうことも」

「ドクターの言ったこと、信じているの？」

「わからない。本人にきかないと」

「聞いてどうなるの？　そんなこと……」

「どうでもいいなんて言わせない。ファーガス・ロスは君にとっていったい何者なんだ？」

「なんでもない人よ。幼なじみだったけど、親しくはなかったわ。祖父がどうしてもうちで死を迎えたいって言うものだから、一人じゃ手におえなくて、彼に手伝ってもらったの」

「それで彼は君が好きになった」

「そう言ってたけど、言葉だけだった」

「君のほうは？」

「わたしも好きだと思ったわ。でも、思い違いだった。わたし、彼とベッドに入ったわよ。あなた、それが知りたかったんでしょう？　彼に感謝していたし、寂しかったから、わたし、そうしたの。それが、そんなに悪いことと？」涙が込みあげてくる。

「悪いことじゃない」キャメロンはリオーナの頬をなでた。「でも、もっと早く言ってほしかった」

「言おうと努力したのよ。だけど、あなた、わたしがバージンだと思い込んでいたでしょう？　ほんとうのことを言ったら、嫌われそうで怖かったの」

「嫌われる？　リー、僕はひと目見たときから君が好きになった。嫌いになったことなんて一度もない。これだけはわかっていてくれ。この間だって、どうしてあんなことしたかわかるか？　待とうと思っていたけど、どうしても君がほしくて……」

「でも、メリッサは……」

「やめろよ、メリッサ、メリッサって。ほんとうに、僕がメリッサを好きだなんて思っているの？」

「だって、メリッサが言ってたんですもの……」

「なんでも人の言うことをうのみにするから、からかわれたんだ」

「わたしもそこまでばかじゃないわ。彼女が人を振り回して困らせるのが好きだってことは知ってるけど、彼女があなたと結婚したがっているのは事実よ。あなただって、わかっているはずだわ」

「もしそうだとしても、僕は義理の妹だとしか思っていない……。そうか、金曜日の夜のことか。あれは君の勘違いだ。あんまり酔っ払っていたから、パーティーの会場から引きずり出しただけだよ。そうしたら、色じかけで迫ってきた。でも、僕は相手にしなかった。以上。どう、これで気がすんだ？」

「でも、彼女と結婚したらハーコート＝アダムズ社はあなたのものになるのよ」

「僕がハーコート＝アダムズ社をほしがっていなかったら？　そんなふうには考えたことないの？　君は僕が親父《おやじ》みたいにビジネスのために魂まで売り渡すと思っているの？」

「わからないわ」

「もう！　どう言えばわかってくれるんだ？　結婚したら信じてもらえるよね」

「ふざけないで！」リオーナはカップを片づけ始め

た。

キャメロンはリオーナがカップを流しに置くのを待ってから、腕をつかんだ。「ふざけてなんかいないよ、リー。まだわからないのか」

「やめて。ずるいわ、そんなふうにするのは」

「どうして？」彼はリオーナのうなじをそっとなでた。「こうしないと君は……」

「いや……いやなの、もう」

「そうかな？」キャメロンは両腕を広げてリオーナに近づいた。「君はこれからもずっと僕を求め続けるよ。僕が君を求めるのと同じようにね。そうなるように定められているんだ」

「キャメロン、もうそんなことしないで」

「そんなことって、どんなこと？」

「利用することよ！　わたしが名もない人間だから、好きなように扱っていいと思っているんでしょう」

「名もない人間？」

「あなたのご家族みたいにお金持じゃないっていうことよ。社交界に受け入れてもらえないし……」

「わかった、わかった。でっかいアメリカ野郎にいじめられているのに誰にも助けてもらえない、かわいそうなリオーナ。君は僕たちのことをそんな目でしか見ていないの？」彼は笑いながらリオーナを食器棚に押しつけた。「自分をごまかすのもいいかげんにしろ。お互いさまじゃないか、リオーナ・マクラウド。僕だって心に傷を負ったんだ。たしかにファーガス・ロスのことは僕の誤解だった。それは認める。だけど、あのときの僕はまるでティーンエイジャーみたいに君に夢中で、二人の将来のことしか頭になかった。それなのに君はそんな僕を待たせるばかりで、一度も本心を打ち明けてくれなかった」

「でも……」リオーナは口ごもった。「わたしを捨てて帰ってしまったのはあなたよ」

「どうしてそんなふうにしか考えないんだ？　ファ

ーガスのせいだって言ってるだろう？　あいつは、夜道に立ってヒッチハイクしていた。どうしても愛する彼女のところに行きたいんだと言ってね。自信満々だったよ、君が待っているって。そのとき初めて、僕はなぜ君が何もいってくれなかったかに気づいたんだ。僕は何十回も愛しているって言ったのに、君はただの一度も同じ言葉を返してくれなかった」

リオーナは首を横に振った。言ったはずだ。それに、黙っていても態度でわかったはずではないか。

キャメロンは険しい表情で言った。「まあ、事実は事実として受け入れるしかないだろう。とにかく、好むと好まざるとにかかわらず、君は僕と結婚するんだからね、リオーナ・マクラウド」

「わたし……」希望の光が見えたような気がした。

「それじゃ、あなた、わたしと……？」

「そう」

「わたしと結婚したいって言ってるの？」

「決まってるだろう」彼はうなった。

「ローリーのためなんでしょう？」

「まだわからないのか。じゃ、説明しよう。僕は君のことを憎んでアメリカに帰った。それから一年、君のことを必死で忘れようとした。それなのに、赤ん坊の存在を耳にしたその日に、僕はイギリス行きの飛行機に乗っていた」

「知ってて戻ってきたの、赤ちゃんのこと？」

「うん、なんのために戻ってきたと思ってた？　あのとき、これで君は僕のものだって思ったんだ」

「でも、わたしを置き去りにしたじゃない……」

「ああ、置き去りにしたさ！　そうでもしなきゃ、君を殺していたと思うよ。でも、プライドなんか捨てて、君の前にひざまずいて、ファーガスでなく僕を選んでくれって泣きつくこともできなかった。だから、気が狂う前に退散した。ローリーのことを聞いたときはチャンスだと思った。君はきっと困っているだろうし、これで泣きつかずにすむ。君を愛していることを誰にも言わなくてすむ――子供のためだという大義名分があるんだから。そう思ったんだ。ほんとうは君なしでは生きていけなかったけど……」

「それ以上言わないで」リオーナは彼をじっと見つめた。この人はプライドを投げ出して戻ってきてくれたのだ。ああ、過ぎてしまった一年が惜しい。そう思うと泣きたくなった。「キャメロン、去年の夏からわたしもずっとあなたを愛していたの。置き去りにされたときは、死にたいと思ったわ。わたし、今もあなたのことを愛してる。これからもずっと」

キャメロンはリオーナの表情に愛を感じ取った。

「ほんとうよ。愛してる。愛してる。わたし……」

その先はキャメロンの唇でふさがれた。ようやくたどり着いた永遠の愛をたしかめ合う特別なキスだった。そして、激情に押し流される前に、キャメロンは唇を離した。話し合わなければならないときに、欲望に流されて愛し合ってしまったことがこれまでに何度あったことか。

「君は僕を愛してる」リオーナがうなずくのを見て、彼は声高に笑った。「地獄に追い込んでおきながら、愛してるだって」

「地獄に追い込んだのはどっち？　勝手な憶測をして、怒ってアメリカに帰ってしまったのは誰？　いったい誰が……」

「ローリーは僕の子じゃないって言ったんだっけ？」

「あなたは子供なんてほしくないと思ったからよ」

「ほしいに決まってるだろう。でも、子供より君のほうがもっとほしい」彼は両手でリオーナの顔を包んだ。「心も体も君のことでいっぱいなんだ。君がいないと僕はぬけ殻になってしまう」

「それじゃ、正直に言ってね。ボストンがいい？

それともインバゲール？」

「ボストンに戻るつもりがあるの？」

「ええ、戻ってもいいわ。重役夫人として適任だとは思わないけど」リオーナは控えめに言ってほほ笑んだ。「なじめるように精いっぱい頑張ってみる」

「なじめやしないさ。いくら頑張っても無理だよ」キャメロンはにっこり笑った。「それに、そんなことをしてほしくもない。僕は十二年間もハーコート＝アダムズ社で退屈な仕事をしてきた。ただ親父を喜ばせたい一心でね。だけど、僕にはこんな自然に満ちあふれた財産があった。ハーコート＝アダムズ社が創立される四百年も前から、僕の母の一族はここで働いていたんだ」

「ほんとうにそれでいいの？」

「うん」

「だけど、あなたのご家族は？」

「バーバラが悲しむとは思えないし、メリッサはそのうち結婚して、相手の男をひどい目にあわせるだろうな。親父とはもう話し合った。ハーコート＝アダムズ社を継ぐ気があるんなら、すぐにでも経営は任せる。それがいやなら、心から祝福するから幸せに暮らせ、そう言ってくれた。だから僕は心から祝福してもらうほうを取った」

「ほんとうにそれでいいのかしら」

「いいんだろう。わかってくれているんだ。スコットランド人の恋人が好きで好きでたまらなかった昔の自分の気持を思い出したんじゃないかな」

　妻を亡くしたときのチャールズの嘆きを初めて聞いて、リオーナは自分まで悲しくなった。再婚しても心は満たされることはなかったのだろう。

「あなたがいなくなるとお寂しいでしょうね」

「僕も寂しい。でも僕はここで君とローリーと暮らす。さあ、善は急げだ。ローリーを連れに戻って、それからインバゲール・ホールに帰ろう」彼はリオーナに手を差しのべた。

リオーナはちょっと迷った。今彼と一緒にインバゲール・ホールに帰ったら、あしたは村中その噂《うわさ》で持ちきりになるのは目に見えている。

でも、人がなんと思おうとかまわない。もうこれ以上、二人の時間を無駄にしたくない。リオーナは彼の手を取った。

二人はクロフトの戸締まりをしてから、丘のでこぼこ道を村におりていった。これまでのこと、これからのことを話し、まるで出会ったころに戻ったかのように笑いさざめきながら。

途中、ゲールの滝のそばで休んで、二人はゆっくりと愛し合った。もうあせる必要などない。これからは一生こうして一緒にいられるのだ。

それから三週間後、二人は結婚した。リオーナは村役場の戸籍係に届けを出すだけでいいと思っていたのだが、人目を気にしないキャメロンは、どうしても教会で式を挙げたいと言う。リオーナは明るいピンクのウエディングドレスを着た。民族衣装のキルトを着たキャメロンは、誰よりもハンサムなスコットランド人に見えた。花婿の付き添い人は、はるばるボストンから駆けつけた彼の父が務め、花嫁を花婿に引き渡す役割はドクターに任せた。教会には、地主が自分たちの〝仲間〟と結婚するのをひと目見ようと、借地人たちがつめかけた。子供が生まれたのと結婚式とは順序が逆だったが、町の噂はキャメロンは責任感の強い人間だということで落ち着いている。

夢ではなかったのだ。そよ風のようではなく、突風のような恋だった。ほのぼのとしたなんの心配もない恋ではなく、激しく揺れ動く、狂気のような恋だった……。

だからこそ、よけいに甘美なのだ。

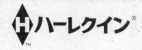

ハーレクイン・イマージュ　1994年10月刊（I-891）
『ヒースの咲く丘で』を改題したものです。

秘密のハイランド・ベビー
2025年3月20日発行

著　　者　アリソン・フレイザー
訳　　者　やまのまや（やまの　まや）

発 行 人　鈴木幸辰
発 行 所　株式会社ハーパーコリンズ・ジャパン
東京都千代田区大手町1-5-1
電話 04-2951-2000（注文）
0570-008091（読者サービス係）

印刷・製本　大日本印刷株式会社
東京都新宿区市谷加賀町1-1-1

表紙写真　© Valentino2 | Dreamstime.com

ISBN978-4-596-72449-6 C0297

ハーレクイン・シリーズ 3月20日刊 発売中

ハーレクイン・ロマンス

愛の激しさを知る

消えた家政婦は愛し子を想う	アビー・グリーン／飯塚あい 訳	R-3953
君主と隠された小公子	カリー・アンソニー／森　未朝 訳	R-3954
トップセクレタリー 《伝説の名作選》	アン・ウィール／松村和紀子 訳	R-3955
蝶の館 《伝説の名作選》	サラ・クレイヴン／大沢　晶 訳	R-3956

ハーレクイン・イマージュ

ピュアな思いに満たされる

スペイン富豪の疎遠な愛妻	ピッパ・ロスコー／日向由美 訳	I-2843
秘密のハイランド・ベビー 《至福の名作選》	アリソン・フレイザー／やまのまや 訳	I-2844

ハーレクイン・マスターピース

世界に愛された作家たち
～永久不滅の銘作コレクション～

さよならを告げぬ理由 《ベティ・ニールズ・コレクション》	ベティ・ニールズ／小泉まや 訳	MP-114

ハーレクイン・プレゼンツ作家シリーズ別冊

魅惑のテーマが光る
極上セレクション

天使に魅入られた大富豪 《リン・グレアム・ベスト・セレクション》	リン・グレアム／朝戸まり 訳	PB-405

ハーレクイン・スペシャル・アンソロジー

小さな愛のドラマを花束にして…

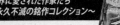

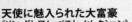

大富豪の甘い独占愛 《スター作家傑作選》	リン・グレアム 他／山本みと 他 訳	HPA-68

文庫サイズ作品のご案内

◆ハーレクイン文庫・・・・・・・・・・・・・毎月1日刊行
◆ハーレクインSP文庫・・・・・・・・・・・毎月15日刊行
◆mirabooks・・・・・・・・・・・・・・・・・毎月15日刊行

※文庫コーナーでお求めください。

3月28日発売　ハーレクイン・シリーズ 4月5日刊

ハーレクイン・ロマンス

愛の激しさを知る

放蕩ボスへの秘書の献身愛 〈大富豪の花嫁にⅠ〉	ミリー・アダムズ／悠木美桜 訳	R-3957
城主とずぶ濡れのシンデレラ 〈独身富豪の独占愛Ⅱ〉	ケイトリン・クルーズ／岬　一花 訳	R-3958
一夜の子のために 《伝説の名作選》	マヤ・ブレイク／松本果蓮 訳	R-3959
愛することが怖くて 《伝説の名作選》	リン・グレアム／西江璃子 訳	R-3960

ハーレクイン・イマージュ

ピュアな思いに満たされる

スペイン大富豪の愛の子	ケイト・ハーディ／神鳥奈穂子 訳	I-2845
真実は言えない 《至福の名作選》	レベッカ・ウインターズ／すなみ　翔 訳	I-2846

ハーレクイン・マスターピース

世界に愛された作家たち
～永久不滅の銘作コレクション～

億万長者の駆け引き 《キャロル・モーティマー・コレクション》	キャロル・モーティマー／結城玲子 訳	MP-115

ハーレクイン・ヒストリカル・スペシャル

華やかなりし時代へ誘う

公爵の手つかずの新妻	サラ・マロリー／藤倉詩音 訳	PHS-348
尼僧院から来た花嫁	デボラ・シモンズ／上木さよ子 訳	PHS-349

ハーレクイン・プレゼンツ作家シリーズ別冊

魅惑のテーマが光る
極上セレクション

最後の船旅 《ハーレクイン・ロマンス・タイムマシン》	アン・ハンプソン／馬渕早苗 訳	PB-406

※予告なく発売日・刊行タイトルが変更になる場合がございます。ご了承ください。

大好評につき
2025年も
継続決定！

特別付録つき豪華装丁本

花嫁の願いごと一つ

The Bride's Only Wish

ダイアナ・パーマー　アン・ハンプソン

必読！アン・ハンプソンの
自伝的エッセイ&全作品リストが
巻末に！

ダイアナ・パーマーの
感動長編ヒストリカル
『淡い輝きにゆれて』他、
英国の大作家アン・ハンプソンの
誘拐ロマンスの
2話収録アンソロジー。

3/20刊

（PS-121）